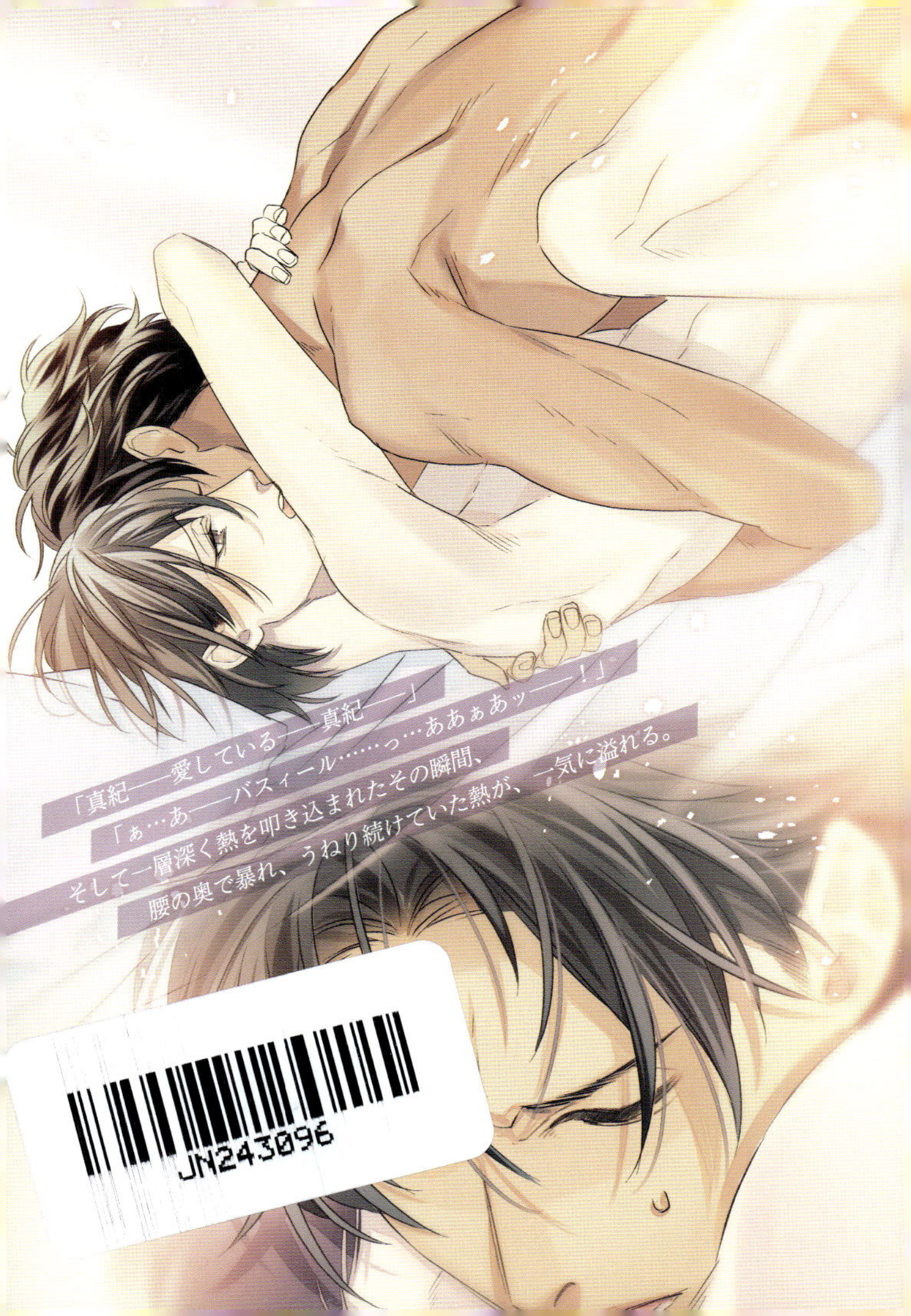
「真紀——愛している——真紀——」
「ぁ…あ——バスィール……っ…あぁぁあッ——！」
そして一層深く熱を叩き込まれたその瞬間、
腰の奥で暴れ、うねり続けていた熱が、一気に溢れる。

ラルーナ文庫

熱砂の愛《あい》従《じゅう》

桂生青依

三交社

CONTENTS

Illustration

駒城ミチヲ

熱砂の愛《あい》従《じゅう》

本作品はフィクションです。
実際の人物・団体・事件などにはいっさい関係ありません。

「ここが…ラディマの王城…か……」

エアコンの効いていた車を降りるなり、痛いほどの日射しと熱が襲ってくる。頭ではわかっていたつもりでも、体験するとやはりつい顔を顰《しか》めてしまう。

花村真紀《はなむらまき》は取り出したハンカチでそっと汗を拭《ふ》きながら、目の前にそびえる城を見上げて呟《つぶや》いた。空港に迎えに来ていた黒塗りの大きな車を見たときにも驚いたし、道中窓の外に見える近代的な街並みを見たときにも驚いたけれど、この城には一層驚かされる。

石造りのそれは、太陽の下、白く光り輝いている。前の前の王の時代に造られた城だと聞いているが、その雄大さと美麗さには驚くばかりだ。近代化し始めた街の中でも輝きを失わない白き城。

それは、中東の小国の一つでありながら、その豊富な地下資源から欧州各国へ大きな影響力を持ち続けているラディマそのもののようにも思えた。

いつしかぼうっと見つめていると、

「お荷物はこれだけですか」

トランクケースを両手に持った運転手が事務的な口調で尋ねてくる。

「は、はい」

慌てて真紀は答えると、「自分で持ちます」と手を差し出す。だが運転手は首を振ると、「どうぞこちらへ」と先に立って歩き始めた。

それが彼の仕事だとはいえ、自分の倍ほどの歳《とし》の人に荷物を持ってもらうなんて申し訳ない。いや、それを言えば自分などのような立場の者に車が差し向けられるなんて思ってもいなかった。

なにしろ、真紀は前を歩く運転手同様、この城で働く一人としてここへやってきたのだから。

真紀は、今年で二十六歳。

イギリスで生まれ育ったが、両親は日本人。真紀自身も日本人だ。

さらりとした黒髪は父親似で、澄んだ大きな茶色い瞳《ひとみ》は母親似だ。全体的な印象も、おそらく母親似だろう。幼いころから穏やかで柔らかい印象だと言われていたし、ともすれば女の子と間違われることもあったほどだから。

やや細身だが、背も一七五センチと、外国人の中にいてもさほどひけをとらず、しなやかで姿勢のいい佇《たたず》まいは「綺麗《きれい》だ」と言われることもたびたびあった。

子どものころから成績は優秀。学校での友人も多かったが、真紀が十歳のときに父親が死んでからというもの、元々楽ではなかった暮らしはさらに苦しくなり、生活費と病がちな母のために進学を断念して働かなければならなかったほどだ。

そんな真紀に転機が来たのは、篤志家《とくしか》のリンドリー侯爵と出会ったことだった。

慈善事業に熱心な侯爵は、成績優秀だったにもかかわらず家庭の事情で進学しなかった真紀のことをどこからか聞き、大学に通えるよう尽力してくれたのだ。

しかもそれだけでなく、彼は生活費や母親の入院費まで面倒をみてくれた。おかげで、母親は最期まで最高な医療を受けることができ、真紀にとって侯爵は、まさにどれだけ感謝してもし足りない人になったのだった。

そのため、真紀は優秀な成績で大学を卒業すると、迷わず彼の家の従者になった。

大学を出ているのに従者なんて、とやんわり止められたし、一流と言われる勤め先も紹介してくれたけれど、真紀は頼み込んで従者となった。どこで働くよりも、彼の側《そば》で、彼に恩返ししたかったのだ。

リンドリー侯爵は、今年で六十二歳。

健康に問題はないが、若いころに奥方に先立たれてからというもの、あまり家を出ることはなくなり、一日のほとんどを田舎の屋敷で過ごすことの多い人だった。

子どももおらず、だからその分、いろいろな学生の援助をすることを生き甲斐《がい》にしているようだった。性格はいたって穏やかで、学生時代、真紀が何度か会ったときも、侯爵はいつも優しい笑みを浮かべていた。母の死を乗り越えられたのも、彼の温かさに支えられたからだ。

従者として働こうと決めた一因には、侯爵のそんな人柄もあった。もしくは、侯爵の中に、幼いころに亡くなった父の姿を見ていたのだろう。

ともあれ、そうして真紀は侯爵の屋敷で働き始めたのだった。

当初は、外国人がわざわざ従者になるなんて…と、訝《いぶか》しまれ、同僚たちにも遠巻きにされていたが、真心を持って尽くし、侯爵への感謝を露《あら》わにして真面目《まじめ》に働いているうち、次第に認められるようになった。侯爵が気さくな方で、使用人たちにも寛容で、折に触れて直接声をかけてくれるような、そんな優しい雰囲気のお屋敷だったことも大きかったのだろう。

そして三年が経ったころ、真紀は侯爵や周囲から、単なる従者を越えた信頼を得るに至った。ときには侯爵の話し相手となることもあったし、またときにはごく私的な旅行の随伴となることもあった。もちろん、真紀は自分の立場を弁《わきま》えていたけれど、侯爵のより近い立場となり、より多く恩返しできるようになったことは本当に嬉《うれ》しく、いつまでもいつまでもこの時間が続けばいいと思っていた。

ずっと幸せだったのだ。

平凡だが穏やかで優しい日々。

少なくとも侯爵が健在なうちは、それが続くと思っていたのに。

（まさかこんなところにくることになるなんて）

真紀は案内された部屋の真ん中で、いまだ戸惑《とまど》いを隠せないまま胸の中で呟いた。

◆

『ラディマのバスィール殿下のところへ行ってはもらえぬか』

侯爵からそう言われたのは、二週間ほど前のことだった。

いつものように仕事をこなし、お茶の時間にはどのお茶とお菓子を出そうかと考えていた昼下がり、不意に侯爵に部屋に呼ばれ、告げられたのだ。

ラディマといえば、中東の小国。ここイギリスからは飛行機で数時間の距離だ。バスィール殿下はその国の王子。一年ほど前に正式に次の王として公表された方だ。一度だけ会ったことがある。

といっても、相手は王子。当然正式に面会したわけではなく、一ヶ月ほど前にこの屋敷で催された夜会にお忍びでやってきていたため、顔を見たことはある、という程度だ。確か、侯爵の知人であるロイド伯爵が、仕事上の大切な取引相手だと言って同伴していた。

背が高く、均整のとれた体格と日に焼けた精悍《せいかん》な貌《かお》は夜会でも目立っていた。だが直接話をしたわけではないし、その後、侯爵が話題にすることもなかった。にもかかわらず、そこへ行け、とは。

いったいどうしたことだろう、と訝しく思いつつ、真紀は胸が痛みに疼《うず》くのを感じた。

主人同士が互いの使用人を譲る——譲られるという話は稀《まれ》にあると聞いていた。だがまさか自分の身に起こるとは。

自分はもういらないということなのだろうか。

問い返したいものの、侯爵からそう言われてしまえば、それは依頼の形であっても命令であり指示だ。主人と従者はそうしたもので、だから真紀は従うしかない。

しかしそのとき、侯爵の貌にどこか哀願のような気配を感じ、真紀は不審に思った。

いつも穏やかで優しい侯爵らしからぬ、憂いのある貌。思い返せば、この数日はたびたび辛《つら》そうな表情を見せていた。それとなく尋ねたこともあったが、今はそのときよりも一層だ。

その雰囲気が気になり、真紀は思わず、いったいどうなさったのですか、と尋ねていた。

主《あるじ》の言葉に対して疑問を差し挟むようなそんな返答は、通常ならば到底許されるものではない。真紀だって、それはわかっていたが、そのときの侯爵の様子はあまりに違和感があったのだ。

するとと侯爵は悲しげに顔を歪《ゆが》め、ふうっと大きく溜息《ためいき》をつく。その姿はまるで急に十歳を取ってしまったかのようだ。ソファに深く身を沈めたまま、やがて、声を絞り出すようにして話し始めた。

それによれば、今回の決断は、バスィール王子に強引に求められてのことらしい。

夜会からほどなく、彼から『あの従者をこちらに譲り受けたい』と、話があったというのだ。侯爵は一度となく断ったようなのだが、繰り返し執拗《しつよう》に依願され、挙げ句、譲らなければ侯爵が関わっている仕事の邪魔をしてやると半ば脅されたという。

（だから最近、あんなにお辛そうなお顔を……）

腑《ふ》に落ちる真紀に対し、侯爵は痛みを堪《こら》えるかのように頭を振り、言った。

『それだけお前をお気に召したということなのだろう。王子の従者として求められることなど、そうないだろうからな。だが……残念だ』

そう言うと、侯爵はがっくりと肩を落とす。その姿に、真紀は胸がいっぱいになった。

侯爵は決して、自分を不要だと思ってバスィール王子に譲るわけではない。それが痛いほどに伝わってきたからだ。

真紀は侯爵の前に膝《ひざ》をつくと、恭しくその手を捧げ持ち、そして言った。

『そのお言葉だけで、充分です』

老いた侯爵のその皺《しわ》の刻まれた顔を見つめ、心を込めて。

『残念だと仰《おっしゃ》って頂けただけで、充分です。わたしがラディマに行くことで旦那《だんな》さまのお心が休まるなら、それに勝る喜びはございません』

『真紀——』

『ラディマへ参ります。今まで本当にお世話になりました』

真紀が伝えると、侯爵は切なげに眉《まゆ》を寄せ、きつくきつく手を握り返してくれた。

◆

その後、ばたばたと出発の用意と仕事の引き継ぎをして、イギリスをあとにしたのが今日の朝だ。

たった一日で、まったく違う世界に来てしまった——。

真紀はしみじみとそう感じながら、ぐるりと部屋を見回す。

見たところ、客を一旦待たせておくための部屋だろう。だがそれにしても豪華だ。侯爵家も由緒ある調度に囲まれた美しい屋敷だったが、これほど豪奢《ごうしゃ》ではなかった。絨毯《じゅうたん》にしても壁に掛けられている絵にしても、ソファにしても、カーテン留め一つ取っても、ここは贅《ぜい》の限りが尽くしてある。至るところに金銀や宝石が施されているのだ。

かといって、華美過ぎて下品に見えるわけではないということは、センスがいいのだ。職人たちの腕の良さはもちろんだが、そんな職人たちに依頼した主の趣味の良さが随所に窺《うかが》える。

そのとき、部屋の扉がノックされる。従者らしき若い男が、黙礼して入ってきた。

「どうぞ、こちらへ。殿下がお会いになるそうです」

「は、はい」

緊張が一気に高まっていくのを感じつつも、真紀は頷《うなず》き、男の案内に続いた。

広い城の中は、まるで迷路だ。長い廊下を歩いたと思えば中庭を巡る回廊を歩き、また城の中の廊下に戻る。その廊下も、絵ばかりが飾られたところがあるかと思えば、彫刻ばかりのところ、更には東洋の掛け軸のようなものが飾られたところもあり、大きすぎる美術館の中を歩いているような感覚になってくる。

侯爵家も大きかったが、異国の城となれば、雰囲気も作りもまるで違う。改めてここは何もかもが規格外なのだと思い知らされる。

それからどのくらい経っただろう。もう随分歩いたと思ったころ、一際大きな扉の前に辿《たど》り着いた。まるで異世界に通じるかのような、重々しく壮麗な扉だ。その表面には二頭の馬の彫刻が施され、至るところに塡《は》め込まれた純金が眩《まぶ》しいほどだ。

その扉が開けられる。

恐る恐る中に入ると、そこは想像していた以上の大きな部屋だった。真正面には、庭を見渡せる大きな窓。それに向かい、一人の背の高い男が立っていた。

広い背中だ。そして、ゆったりとしたこの国の民族衣装に身を包んでいてもわかる、姿勢の良さ。

（バスィール……王子……）

息を詰めて見つめていると、男はゆっくりと振り返る。

瞬間、真紀は瞠目《どうもく》した。

その男は——バスィールは、以前見たときとはまるで印象の違う面差《おもざ》しをしていたのだ。

（別人……？）

いや——違う。同じ人間だ。だが雰囲気がまるで違う。身に纏《まと》っているものが違うせいだけではなく、夜会で見た彼と今ここに立つ彼は、まるで別人のようにその雰囲気が違っていた。

　夜会のときのタキシード姿の彼は、気品のあるサラブレッドのようだった。だが今は、あのときとは比べものにならないほど野性的…と言えばいいのだろうか。そんな獰猛《どうもう》さがある。同時に、圧倒されるような品の良さと優雅さはそのままで、佇んでいるだけで『特別』な気配を漂わせている。

　しかもこうして改めて見ると、そのスタイルの良さは際立っている。一九〇センチ近い身長に、長い脚《あし》。焼けた肌と漆黒の髪と金の瞳のせいで、黒い豹《ひょう》を思わせる。

　そう。砂漠の黒い豹だ。

（こんな人、見たことがない……）

　気圧《けお》されるような存在感に、真紀が思わずおののいたとき。

「来たのだな」

　バスィールが声を上げた。容姿の素晴らしさを裏切らない、低く良く響くいい声だ。

　真紀ははっと我に返ると、慌てて頭を下げた。

「花村真紀と申します。リンドリー侯爵家より参りました」

「ご苦労だったな。長旅疲れたであろう」

「いえ。殿下がいろいろとご用意下さったおかげで、快適な旅でした。お心遣い深く感謝致します」

真紀はさらに深く頭を下げた。ファーストクラスの航空券も、空港までの迎えの車も、全て彼が手配してくれたのだ。

「これからはこの城の一員として、誠心誠意努めたいと思います」

続けて丁寧に挨拶《あいさつ》をしたが、この挨拶が単なる「型どおり」のものでしかないことは、真紀が一番よくわかっていた。

ここで仕事をする以上、主に忠実であろうとは思うが、どうしてもバスィールに対しては「侯爵を脅した相手」という印象が拭《ぬぐ》えないのだ。自分の欲しいものがあれば、手段を問わない男——そんな印象が。

だから今はまだどうしても、心から「この方に仕えよう」という気持ちにはなれない。

いや——。それを言えば、侯爵以外に心から仕える気持ちにはなれないというのが本音だ。

自分の人生の中で、大きな割合を占める人。助けてくれた大恩ある人。離れていても、侯爵は自分にとって特別な人だ。

だがだからこそ、ここではしっかりと仕事をしなければ。

真紀はバスィールを見つめたまま、そう胸に誓った。

バスィール王子への忠誠心と侯爵へのそれとは比べものにならない。けれど仕事はぬかりなく、期待に応《こた》えるように努めなければ。至らない点があれば、以前自分を雇っていた侯爵の名に傷がつきかねないのだから。

（そう――。侯爵さまのためだ……）

今、自分がここにいる理由を、真紀が胸の中で嚙《か》み締めたとき。

「下がれ」

素っ気なくバスィールが言う。そして彼は興味をなくしたようにふいと顔を逸《そ》らすと、真紀が下がるのを待たず、そのまま部屋を出て行ってしまう。

何か失礼なことを言ってしまっただろうか。

真紀は不安になったけれど、バスィールに尋ねることはできない。仕方なく、そのまま部屋を出ると、待っていた男に先導されて自分の部屋へと向かう。

数分後、「こちらへ」と案内された部屋に着くと、真紀は自分の目を疑った。

そこは先刻待たされていた部屋よりもさらに広く、そして美しい部屋だったのだ。

大きな冠のようなクリスタルのシャンデリアに、猫脚のソファとテーブル。どちらもアンティークだろう。時代を感じさせる重厚感と壮麗さに満ちており、しかもしっかりと手入れがされていて年を経た美しさが感じられる。床には毛足の長いふわふわとした絨毯。

それも色鮮やかで複雑な幾何学模様が織り込まれており、踏むのが躊躇《ためら》われるほどだ。壁には絵画がいくつもかかり、窓からは色とりどりの花が咲く庭が見渡せる。ベッドがないということは、寝室はドアの向こうに別にあるのだろう。そのことに、真紀は驚かずにいられなかった。

（ここが僕の部屋……？）

使用人である自分の？

これではまるで、客人の部屋だ。

侯爵家でも個室が与えられていたけれど、それは簡素なベッドに机が一つの使用人用のものだった。それでも、個室があるだけで充分すぎるほどだったのに。

「あ——あの」

真紀は部屋から出て行こうとしていた男を、慌てて引き留めた。

「ここは、本当に僕の部屋なんでしょうか。なんだが随分立派なような……」

「間違いはございません」

「そう…ですか。ところで、他のみなさんにはいつお目にかかれますか。できればすぐにでもみなさんにお会いしてご挨拶したいのですが」

気を取り直し、真紀は尋ねる。だが、待っても男からの返事はない。微《かす》かに目を眇《すが》め、じっと見つめてくるだけだ。

「あの？」

不安になり、真紀は小さく首を傾《かし》げる。ここでは新人が挨拶する習慣はないのだろうか？　仮にそうでも、同僚との顔合わせぐらいはするはずだ。でなければ、自分がどんな仕事をすればいいのか、何を任されているのかわからない。実際、真紀はここで何をすればいいのか、具体的なことはまだ誰《だれ》からも何も伝えられていないのだ。

しかし男は冷ややかな表情のまま、ゆっくりと首を振った。

「申し訳ございませんが、それは…わたしにはなんとも」

「では、わかる方に伝えて頂けますか。すぐにでも仕事をしたいので、指示を頂きたい、と」

「わかりました」

男は頷く。

が、まだじっと見つめてくる。

「……何か？」

訝しさを感じ、真紀が尋ねると、男は「いえ」と短く答えて部屋を出て行く。

真紀は首を傾げた。

新人で、しかも異国からやってきた自分だから、珍しがられることは想像していたが、あんなにじろじろ見られるなんて。

(何か変なのかな)

気になり、真紀は鏡を見てみようと隣の部屋へ続く扉を開ける。想像していたとおり、そこは寝室だった。だが立派さは想像以上だ。思わず足を止めてしまう。

天蓋《てんがい》付きの大きなベッドに、年代物の艶《つや》が美しいマホガニーの机。そして作りつけの大きなクロゼット。敷かれている絨毯も相変わらずふかふかとした柔らかなものだし、寝室のシャンデリアは咲きこぼれる花のような形をしている。侯爵のお供で赴いたことがある五つ星ホテルの最上級の部屋にも決して負けていない一室だ。

そんな部屋の片隅には、持参した荷物が全て運ばれて置かれている。手際がいい。

真紀は壁に塡め込まれている鏡を覗《のぞ》き込むと、自身の身だしなみを確認する。いつでもきちんとした身なりでいることは、従者の務めの一つだ。だらしない格好をしていると、主人が恥をかくことになる。侯爵家で仕事をしていたときから、そのことは頭の中に叩《たた》き込んできている。だから抜かりはないはずだ。実際、鏡で確かめてみても、おかしなところはない。

ならばどうして、あの男はあんなに自分を見つめていたのだろう。

気になったものの、もう尋ねられない以上、悩んでも仕方ない。

真紀は気を取り直すと、置かれているスーツケースと大きなボストンバッグに近付き、そこから写真立てを取り出し、机に置いた。

それは、真紀が侯爵家で働き始めて最初の誕生日に撮った写真だ。記念に、と恐れ多くも侯爵が一緒に写ってくれたのだ。眺めていると、あの日のことが、そして侯爵家でのことが思い出されて切なくなる。

（今ごろ、旦那さまは何をなさっているかな……）

父親のことをあまり覚えていない真紀にしてみれば、公爵は父親代わり、祖父代わりのような存在だ。

できれば離れたくなかった。けれど、自分がここにくることで役に立てるならそれでいい。

いつまでここにいるのかはわからない。また、戻れるだろうか。

（それは無理でも、休みをもらって帰国できるといいな……）

写真を見つめながら、真紀は胸の中で呟く。

ここでの仕事をきちんと務めて、再び会えた折には頑張っていることを伝えたい。侯爵に「さすがわたしの従者だ」と思ってもらいたい。

そのためにも、少しでも早くこの城に馴染《なじ》みたいのだが……。

どれだけ待っても、その後、仕事のことについての連絡はなかった。同僚たちと顔合わせをするという話もなければ、誰かがやってくることもない。

そのうち、真紀は我慢できずに部屋を出てみたが、数歩行ったところで、衛兵のような屈強な男たちに「お戻り下さい」と部屋に戻されてしまった。

食事も部屋に運ばれ、しかも運んできた者たちは何一つ喋《しゃべ》らず、こうなると、さすがに真紀も不審さを覚えずにはいられなかった。

なんだか、これではまるで部屋から出るな、と言われているようだ。

不安になったものの、ここはしきたりも習慣も違うだろう異国。そこに初めてやってきた身ではしばらく様子を見ることしかできない。勝手に動き回るわけにはいかないだろう。

仕方なく、真紀は部屋で食事を摂ると、そのまま休むことにした。

(明日、改めてということなんだろうか)

ベッドに腰を下ろし、そう思ったときだった。

突然、ドアが開いたかと思うと、バスィールが現れた。

数時間前に会ったときとは違う軽装だ。だが軽装でも、彼の精悍さと周りを圧倒するような雰囲気は些《いささ》かも損なわれていない。

しかしいったいどうしたのか。

「で、殿下？」

従者の部屋に、いきなりやってくるなんて。

一国の王子のやることとは思えない。考えられないことだ。

真紀は戸惑いつつ、慌ててベッドから腰を上げる。

ひょっとして、侯爵に何かあったのだろうか。

「あ——あの、もしかして、侯爵さまに何か……」

だがそう尋ねた途端、バスィールは不快そうに眉を寄せた。

「わたしのもとに来ておいて、他の男の心配か」

「え……」

「しかもお前を売った男の」

嘲《あざけ》るような声だ。

真紀は一瞬意味がわからず、目を瞬《しばた》かせる。

直後、怒りにさっと頬《ほお》を染め、声を上げた。

「わたしは売られてきたわけではありません！」

だがバスィールはといえば、意味深に嗤《わら》ったままだ。

思わず真紀が後ずさろうとしたとき、その腕がぐっと摑《つか》まれる。口の端を上げたまま、バスィールが言った。

「どう説明されたのかは知らぬが、結果は同じだ。お前はわたしのものとなった」

「⁉　あっ――」

そしていきなり引っ張られたかと思うと、そのままベッドに突き飛ばされた。何が起こっているのかわからないまま、真紀はバスィールに押し倒されていた。

「で、殿下⁉　お戯れはおやめ下さい！」

真紀は狼狽《うろた》えながら手脚をばたつかせる。だが、バスィールは鋭い瞳で見下ろしてくるだけだ。

まるで獲物を捕食しようとしているかのようなその瞳に、恐怖が込み上げる。真紀がごくりと息を呑《の》むと、バスィールはクッと嗤った。

「そう恐れるな。悪いようにはせぬ」

そして真紀にのしかかったまま、腕を押さえつけてくる手に力を込める。痛みに顔を顰めながらも、

「……離して下さい……」

真紀は必死に声を上げた。

「わたしはこんなことのためにここへ参ったのではありません！　侯爵さまの命であなたにお仕えするために――」

「他の男の話はするな」

「っ――」

その途端、一層強く腕を掴まれ、真紀はますます顔を顰める。恐怖がさらに増していく。身体《からだ》が冷たくなっていくのがわかる。顔が引きつるのがわかる。バスィール王子は、いったいどういうつもりでこんなことを？

もしかして本当に――本当に最初から「こうすること」が目的で自分をここへ呼び寄せたのか。

侯爵を脅すような真似《まね》をしてまで。

真紀はバスィールを見上げると、半ば無理やりに声を押し出し、尋ねた。

「いったい、な、なんのおつもりですか」

精一杯強い口調で言ったつもりだ。だが怖さのせいか、自分のものとは思えないほど弱々しく細い。

情けなさと抵抗できない悔しさに真紀は唇を噛む。そんな真紀の耳に『なんのつもり』、とは」と、揶揄《やゆ》するように繰り返したバスィールの声がした。

彼はいかにも愉快そうに——残酷に嗤うと、無遠慮に真紀の服に手をかけてくる。直後、それは真紀が抵抗する間もなく手荒く引き裂かれた。

「殿下⁉」

想像もしていなかったことの連続に、頭がついていかない。

どうして彼が。

どうして自分が。

混乱は混乱を呼び、真紀はただ惑乱したまま自分の身を守るように抵抗するしかない。だが旅疲れのせいもあるのだろうか。押し返そうとしても突き放そうとしても思うようにいかず、バスィールの荒々しさの前ではほとんど無力だった。

真紀が何をしても、なんとかして逃げよう、身を守ろうとしても、バスィールはその圧倒的な力の差と迷いのなさで、まるで「作業」を進めるかのように着々と真紀の服を引き剝《は》がしていく。

「っ……」

ややあって、身に着けていたものを全て剝ぎ取られたかと思うと、その姿を確認するかのようにじっと見下ろされ、真紀は羞恥《しゅうち》のあまり真っ赤に頰を染めた。全身が恥ずかしさに灼《や》けるようだ。

のしかかってきているバスィールの服は、ほとんど乱れがない。息だって乱れていない。なのに自分だけが生まれたままの姿にされ、まじまじと見られているなんて。

そうしていると、屈辱感に目の奥が熱くなる。涙が零《こぼ》れそうになるのを必死で堪えると、真紀は唇を噛み、キッとバスィールを睨《にら》んだ。

彼の瞳は相変わらず冷たく、こちらの様子を確かめるような気配だ。獲物の反応を楽しんでいるような視線に、憤りが込み上げる。

「最初から、こういうおつもりでわたしをここへ呼んだのですか」

震える声で、真紀は問うた。

「はじめから、こんなことをするおつもりで――」

「だとしたらなんだ」

「あなたは最低です」

睨んだまま、目を逸らさず言い切る。

途端、バスィールはおかしそうに微かに片眉を上げた。

「このわたしにその言葉遣いとは。いい度胸だ」

「た、たとえあなたでも、力ずくで人を思うようにしていいわけがありません！　こんな……こんな真似――」

「だがお前の主はこうなることがわかっていてお前を寄越したのだぞ」

「嘘《うそ》です！　そんな――」

そんなはずはありません――と言いかけた寸前だった。

「お前は売られたのだ、あの男に」

鼻の先が触れるほどの近くまで顔を近づけてきたバスィールが、低く、囁《ささや》くように言った。

悪寒を誘発させるような声音に、ぞくりと背中が冷える。声も出せなくなった真紀に、バスィールは笑んで続けた。

「認めろ。わたしが脅したからにせよ、結局、あの男はお前を売ったのだ。わたしに。お前を護ろうとはせず――差し出した。お前を手に入れればわたしがどうするかも全てわかっていながらな」

「だんな……さまは……」

「しかもそれをお前に伝えていなかったとはな。どこまでも卑怯《ひきょう》なジジイだ。それとも――お前が信頼されていなかったということか？　正直に全て話せば、お前はわたしのところには行かないと言い出すと思って、それを恐れたか。いずれにせよ、あの男はお前が信頼し忠誠を誓っているほど、お前を大切に思っているわけでも信じていたわけでもないようだが」

低い声音で紡がれる言葉は、鋭い刃のように真紀の胸を抉《えぐ》る。

（そんな……侯爵さまは――どうして――）

こんな男の言うことなんて信じては駄目だとわかっていても、聞かされた言葉は耳の奥で何度となく蘇《よみがえ》り、真紀を苦しめる。

もしバスィールの言ったことが本当なら、どうして侯爵は何も言ってくれなかったのだろう。彼のためならなんでもしたのに。そう――たとえバスィールの慰み者になるために彼のもとへ行けと正直に言われたとしても、それが侯爵のためになるなら喜んで行ったのに。

どうして――。

どうして何も言ってくれなかったのか。

別れ際、屋敷の部屋の窓越しに自分を見つめてきた侯爵の瞳が脳裏に蘇る。あの人の瞳は、何を訴えかけていたのだろう。それとも意味など何もなく、ただ一人の従者を売り渡す行程を見つめていただけだったのだろうか。

胸の中が、冷える。

しかしその直後。

（違う）

真紀は頭を振った。

（違う。侯爵さまはそんなお方じゃない）

そんな方じゃない。詳しく話してくれなかったのは、きっと何か事情があったはずだ。でなければ何か考えが。

こんな男の言葉にうかうかと乗せられ、侯爵を恨むようなことはしたくない。

「……どうした」

すると、黙り込んだ真紀を不審に思ったのだろうか。バスィールが訝しそうに声を上げる。

その瞳を、真紀はきつく見つめ返した。

「あ——あなたがどう言おうと、わたしは侯爵さまを信じます。あなたの言うことなんて、聞きません！」

「……」

「な、慰み者になさりたいなら、好きになさればいいのです。あなたから見れば、わたしなど、所詮《しょせん》売り買いできる程度の者なのでしょう。そんな身体でよければ好きにすればいい」

睨んだまま、真紀はそう声を上げる。

どうせ侯爵と出会わなければどうなっていたかわからないこの身だ。そんな自分を助けてくれた侯爵のためにできることがこれだけなのだとしたら――答えは決まっている。

するとバスィールはじっと真紀を見下ろし、やがて、きつく目を眇めた。

「気に入らぬな」

そしてぽつりと零すと、自身もまた服を脱ぎ始めた。

日に焼けた、彫像のような肢体が露わになっていく。筋肉の張り巡らされた身体は、服を着ていたときよりも一層逞《たくま》しく雄々しい。脱ぎ終えると、バスィールはグイと真紀の頤《おとがい》を摑んだ。

「気に入らぬ。その――今でも自分の主人はあの男だけなのだと言わんばかりのその目が気に食わぬ。お前が誰のものになったのか――お前の主人は誰なのか、きちんと教えてやる」

「んっ！」

次の瞬間、真紀の唇はバスィールのそれに塞《ふさ》がれていた。

噛み付くような、荒々しい口付けだ。拒む間もなく舌をねじ込まれ強引に口内を探られる。

「っん……っ…ん、んぅん……っ」

苦しさと驚きに、くぐもった声が零れる。

なんとか引き離そうと彼の肩に手をかけるが、逞しいそこは押してもびくともしない。それでも必死で身を捩《よじ》り、逃げようとするが、口付けはますます深くなるばかりだ。

荒々しい彼の所業が怖い。彼の乱暴さが、強引さが怖い。だがなぜか、それと同時に全身が興奮にさざめき始めていた。翻弄《ほんろう》され、貪《むさぼ》られているのに、彼の舌が舌に絡むたび酩《めい》酊《てい》したかのように頭がクラクラする。粘膜同士が擦《こす》れ合う初めての感覚に肌が粟立《あわだ》っている。

「っ……」

その初めての感覚が一層怖く、真紀はますます激しく暴れ、バスィールから離れようとする。

と、直後、暴れる真紀を押さえつけたまま、バスィールが唇を離した。真紀を見下ろすと、酷薄そうに唇を歪める。

「おとなしくしていろ。好きにすればいいと言ったのはお前だろう。好きにさせてもらう。もっとも、ここではお前の意志などどうでもいいことだがな。買われたお前は主であるわたしの言葉にだけ従っていればいいのだ」

そしてそう言うと、バスィールは再び、今度は真紀の首筋に噛み付くようにして口付けてきた。

「アッ――」

薄い皮膚に歯を立てられ、びくりと身体がおののく。食べられてしまうのではという恐怖が全身を巡る。しかし同時にそこに残された熱は不思議な余韻となって、ぞくぞくと真紀の身を昂《たか》ぶらせていく。怖いのに、逃げたいのに、どうしてか体奥が熱くなっていく。

「んんっ――」

それが恥ずかしくて、真紀は必死で口元を押さえた。こんな男に、どんな声も聞かせたくない。

バスィールはそんな真紀を小さく嗤うと、首筋から肩へ、鎖骨へと口付けを繰り返していく。

その唇が胸の突起に触れた瞬間、

「あッ――」

今まで感じたことのない、鋭いような甘いような痺《しび》れが背筋を駆け抜け、真紀は思わず高い声を上げていた。咄嗟《とっさ》に指を噛んだが、立て続けにそこを吸い上げられると、声は指の隙間《すきま》からあえなく零れてしまう。

身を捩って逃れようとしても、のしかかってきているバスィールの身体はびくともせず、真紀はされるまま、あられもなく身悶《みもだ》えるしかない。

「やっ…ァ……あァ――ッ――」

どうしてそんなところが、と思うのに、その小さな突起を強く弱く――ちゅくちゅくと音を立てて吸われると、そのたびびくびくと腰が跳ねてしまう。刺激されるたび熱いものが体奥から込み上げ、性器もみるみる硬くなっていく。自分の身体なのに、自分のものじゃないようだ。

そうしていると、バスィールは反対側の胸の突起に触れてくる。摘《つま》まれ、捏《こ》ねられ、弄《いじ》られ、真紀は髪を振り乱して身をくねらせた。

「っ…ん……う……っ」

声を出したくない。なのに、バスィールに舐《な》められ、吸われ、捩るようにして捏ねられ、指の腹で扱《しご》かれると、抗《あらが》えない快感が身体の奥底から溢《あふ》れ、声が零れてしまうのを止められない。

「ァ……っぁ…あァ……っ」

「いい声だ。侯爵にもこうして可愛《かわい》がってもらっていたか」

しかし次の瞬間、聞こえてきた言葉に、真紀はバスィールを睨み付けた。

「こ…んなこと……していません……っ」

「ふん？」

「侯爵さまは…あの方は、あなたとは違います…っ……！」

憤りで目の奥が赤くなる。掠《かす》れた声で真紀は懸命に抵抗する。慰み者になるだけならともかく、侯爵のことまで侮辱されるのは耐えられない。

するとバスィールは不愉快そうに目を眇めたかと思うと、嘲るように鼻で嗤った。

「お前は優秀な従者だと聞いていたが、物覚えは良くないようだな。わたしを不快にするとどういう目に遭うのか――もう忘れたか？」

「アッ――」

「それとも、酷《ひど》くされる方が好みか。だとすれば、あの年寄りでは満足できなかっただろうな」

「っ…や…やめて下さい……っ」

身体を苛《さいな》まれること以上に侯爵を侮辱されることが悔しい。真紀がますます視線に力を込めバスィールを睨むと、彼は低く嗤った。

「どう言おうと、今やお前の主はわたしだ。お前はわたしのものになったのだ。身体の隅々にそれを教え込んでやる。二度と、そんな目ができぬようにしてやる」

「ア……っ……！」

次の瞬間、身を離したバスィールに両脚を摑まれ、大きく膝を開かされる。慌てて閉じようとしたが、脚の間にはバスィールの身体がある。

そして彼はそのまま、真紀の露わになった性器に手を伸ばしてきた。

「っ…殿下⁉」

すでに硬く勃《た》ち上がりかけていたものを摑まれたかと思うと、ぐりぐりと揉《も》まれ、大きく腰が跳ねる。そのまま扱かれ、真紀は首まで赤くなりながら、必死で抗おうとした。

バスィールに全てを晒《さら》したこの格好で彼に嬲《なぶ》られている自分を思うと、消えてしまいたいほど恥ずかしい。バスィールの視線が突き刺さるようだ。顔を背け、見ないようにしていても身体の至るところが灼けるように熱い。見つめられているのがわかる。

「殿下……ゃ……め……おやめ下さい……っ」

「好きにしろと言ったのはお前だ。それに、お前も昂ぶっているようではないか。さっきからわたしの手の中でみるみる硬くなっていくぞ」

「っ……っ……」

「貞淑そうな顔をして、随分と淫蕩《いんとう》な男だ」

「ち…がいます……」

　真紀は頭を振るが、バスィールの指に弄られ、扱かれ、刺激されると、性器はもう隠すこともできないほど昂ぶってしまう。息が熱い。心音が早くて耳の奥でドクドクいっているのがわかる。腰が熱い。頭の奥まで痺れるようだ。

　淫蕩どころか、真紀は未《いま》だ性の経験などなかった。淡泊すぎるほどだったのに——いや、だからなのか、バスィールから与えられる強すぎる快感に対処できず、瞬く間に追い上げられていく。

「殿下…っ…手を…手をお離し下さ…い……っ」

　射精の兆しが込み上げてくるのを感じ、真紀は切れ切れの声を上げる。人前で、それも王子であるバスィールの前で達したくない。そんなところを見せたくない。「こんなこと」のために自分を侯爵から引き離した男の前で。敬愛する侯爵を侮辱した男の前で。

　しかしそんな気持ちとは裏腹に、身体はますます熱を孕《はら》み、猛《たけ》っていく。バスィールの指が動くたび、性器は粘着質な淫《みだ》らな水音を立てる。快感に潤む視界に、口の端を上げて真紀を見下ろしてくるバスィールの冷たい貌が映る。

　——見られている。

　そう思った瞬間、

「っァ……ッ——！」

頭の芯《しん》まで痺れたかと思うと、ビクリと大きく背中が撓《しな》り、真紀はバスィールの手の中に温かなものを零していた。

吐精の緊張と弛緩《しかん》。興奮と気怠《けだる》さが入り混じり、波のように次々寄せてくる。鼻先を青臭い香りが掠める。バスィールの前で、彼の手によって達してしまったことを改めて自覚し、真紀は羞恥に震える。

そんな真紀の耳に、

「随分と多いな」

追い打ちをかけるようにバスィールの声がした。

「しかも濃い。禁欲の生活でも送っていたか？　そんな淫奔《いんぽん》な身体で」

「い、淫奔などではありません……！」

辱められ、真紀は思わず言い返す。だがバスィールは嗤ったままだ。そして手の腹で受け止めた真紀の白濁をまじまじと——まるでその様子を真紀に見せつけるかのようにして見つめると、そのまま、べったりと真紀の腹に塗りつけてきた。

「っひ……っ」

「お前のものだ。恐れ多くも王子であるわたしの手に零したのだ。礼や感謝の言葉を言う気はないのか？」

「む、む、無理やりじゃないですか！　なのにどうしてお礼や感謝なんか！」

真紀は屈辱感に苛まれながら、真っ赤になって言い返す。と、バスィールは「はっ！」と、おかしそうに声を上げた。

「お前は本当に、自分の立場がわかっていないのだな。わたしと情を交わしたものは皆それだけでありがたがるものだ」

「わ――わたしはあなたの従者としてここへ来たのであって、それ以上でもそれ以下でもありません。あなたが王子でも、それは同じです。今まで一晩を共にした人たちと一緒にするのはやめて下さい！」

「……気丈だな」

するとバスィールがぽつりと呟いた。その声には剣呑《けんのん》さが戻っている。表情も、獲物を捕らえる獣《けもの》のようなそれだ。

「面白い」

そんな雰囲気を漂わせたまま、バスィールがニッと嗤った。

「どうあってもわたしを拒む気か。面白い。だがな、お前がそう頑《かたく》なであればあるほど、わたしは燃えるのだ。信頼や忠誠心――そんな愚かなものに縋《すが》るお前を滅茶苦茶にしてやりたいと思うのだ!!」

そして語気荒くバスィールは言うと、真紀の腕をグイと掴み、強引にうつぶせにさせる。

直後、無防備な身体の奥——双丘の奥にある窄《すぼ》まりに、バスィールの指が触れた。

「やっ——」

真紀の零したものでまだぬるついている指が、濡《ぬ》れた音を立てながら窄まりに挿《さ》し入ってくる。その異物感に真紀はおののき、身を震わせた。身体の内側を探られる感覚に、肌が粟立つ。

「っ…や…いやだ……っ」

必死に逃れようと身をくねらせるが、埋められている指はそんな真紀の抵抗を嗤うようにますます暴れる。グチュグチュと音を立てて抉られ、突き込まれてはグリグリと中を弄くられ、今まで経験したことのない感覚に翻弄され続ける。

真紀はきつくシーツを掴むと、自分でも触れることのない部分をいいようにされている恐怖と羞恥に懸命に耐える。

しかし、バスィールの指が「そこ」を掠めた刹那《せつな》、

「っァ……っ——!」

自分でも思っていなかったほどの高い声が口をつき、大きく背が撓った。何が起こったのかわからず目を瞬かせる真紀の耳に、「ほう」と、興味ありげなバスィールの声が届く。

次の瞬間、

「アァッ――――！　あ、あ…ァ……！」

そのまま、二度、三度とそこを執拗に刺激され、真紀はさらに高い声を上げて身悶えた。

目の奥がチカチカする。快感の源泉を直接刺激されているかのように、強烈な快感が込み上げてくる。

「ゃ…っあ…ゃ、やめ……ぁァ…っ――――！」

どんなに堪えようとしても、そこを刺激されるたび声が溢れてしまう。抑えられない。

身体が勝手に反応して、ついさっき達したはずの性器もまた硬くなり始める。

「っく…っ……ァ……」

「ここは一際好きなようだな。さっきから腰を振ってわたしを催促しているぞ」

「ちが……っ…そんなこと……っ」

「そうか？」

「ッァ――ッ――！」

その瞬間、ぐりっとそこを抉られ、大きく腰が跳ねる。はずみでバスィールの指をぎゅっと締め付けてしまい、真紀はその恥ずかしさにしゃにむに頭を振った。

閉じられない口の端から零れた体液が、シーツに染みを作る。

恥ずかしい、やめてほしい。だがバスィールは、さらにグリグリと中を抉る。感じる箇所ばかりを立て続けに刺激され、真紀は息も絶え絶えに声を上げ続けた。

「は……っは…ァ……ゃ…め…ッ……」

「『やめて？』もっと、の間違いだろう」

「あぁッ――」

「弄くれば弄くるほどわたしの指を締め付けてくるぞ。貪欲《どんよく》な孔だ」

「は…ぅ……っ」

「あれだけ抵抗していたところをみると、初めてなのだろうな。にもかかわらずこの痴態《ちたい》とは……取り澄ました顔をして、やはり根は淫らだというわけだ。侯爵は知っているのか？　お前のこんな有様を」

「！」

バスィールの言葉に、真紀は大きくおののく。背後で、くすりと嗤った音がした。

「知ったらさぞ驚くだろうな。自慢の従者が、好いてもいない男にこんなところを弄られて、あられもなく身悶えているとは。いや、それとも喜ぶか？　お前は見事にわたしの希望に応えているのだからな。いい従者を譲り受けたと侯爵に礼を――」

「やめて下さい……っ！」

こんなことをしていることを侯爵に教える!?　絶対に嫌だ！

真紀が悲鳴のような声を上げると、バスィールは低く嗤う。次いで真紀の背に覆い被《かぶ》さってくると、耳元で低く囁いた。

「それはお前の心がけ次第だ……」

そして腰を掬《すく》い上げられたかと思うと、埋められていた指が抜かれる。次の瞬間、指よりも大きく熱いものが後孔に触れ、強引に挿し入ってきた。

「ぁ……ァ……っ――」

太いものが身体の中に埋められていく感覚に、総身が震える。咄嗟に前にずり上がろうとしたが、すぐに強く引き戻される。

「ァっ――」

そのはずみでより深くバスィールの屹立《きつりつ》を感じ、真紀は苦しさと混乱にシーツを握り締めた。

「ぁ…っく…ァ……っ」

「力を抜け。お前の求めていたものだろう」

バスィールは無情にもそう言うとさらに奥まで突き込んでくるが、真紀は頭を振ることしかできない。膝が、脚が震える。シーツの上に突っ伏したまま、苦しさと圧迫感からなんとか逃れようと肩で息をしていたが、そんな抵抗も、バスィールがゆっくりと動き始めるとなんの役にも立たなくなってしまう。

「は……っぁ……っぅ……っ」

大きく熱いものが身体の中を行き来するたび、内臓が押し上げられるような感覚に呻《うめ》くような声が漏れる。

早く終わってほしい。

早く終わってほしい――。

目の奥が白く染まり、それだけしか考えられなくなっていく。

「は…やく……終わって下さい……っ」

たまらず、真紀は声を上げる。だがバスィールの動きは緩慢なままだ。

「殿下……っ……」

「わたしに指図するか？　たかが従者の分際で。それに――孔はいい具合にわたしを締め付けてくるぞ」

「ァ……殿下……っ……ッ……」

「身体の方が余程正直なようだな」

「っん――っ」

バスィールの抽送が、徐々に激しさを増していく。奥まで突き込まれては抉られ、抜き挿しされ、そのたび、真紀の喘ぎと肉のぶつかる生々しい音が部屋に響く。

「っふ……ぁ……あっ……」

そして次第に、その律動が熱を増すほどに、真紀の身体もまたじわじわと——じわじわと昂ぶらされていく。つい先程までそこをいいように弄られていたからなのか、苦しいはずなのに腰の奥で得体の知れない熱が蠢《うごめ》き始める。込み上げてくるような、うねるような、覚えのある熱、そして感覚だ。

真紀はその恐怖に、思わずまたずり上がって逃げようとしたが、即座にバスィールに留められた。

「は…っァ……っ！」

「いやらしい孔だ。さっきからウネウネとわたしを締め付けてくるぞ」

「しり…ません……っ」

「ならばお前の身体は知らぬうちに男を求めているということだ。こうして——」

「アッ——」

「牡《おす》に犯されることを望んでいたということだ」

「あ、あ、ァ！　っあぁ、ぁっ——！」

声とともに立て続けに突き上げられ揺さぶられ、真紀は背を反らして身悶える。

「腰が揺れているぞ」

そんな真紀の背後から、バスィールが嗤うように言った。

「もっともっととねだるように腰を振って――」

「っァ！」

「よほど好きなのだな。こうして突き上げられるのが」

次々とぶつけられる淫猥《いんわい》な言葉に言い返したいものの、絶え間なく揺さぶられ突き上げられていいては、その激しさに何も言えなくなってしまう。

しかも、バスィールの言葉通り、いったいどうしてなのか彼の律動を求めてしまうからなおさらだ。抵抗したいのに、抗って逃れたいのに、彼が動くたび腰が揺れ、彼の肉を銜《くわ》え込んでいる窄まりは一層その大きなものを締め付けてしまう。

「ぁ……っは……あぁ……っ！」

混乱と快感に、頭の中がぼうっとする。バスィールが動くたびに、身体の内側から溶けていくかのようだ。

（嫌だ……っ）

嫌なのに。

なのに身体はぞくぞくと興奮し、彼の熱とその激しさを思い知るたび、ますます昂ぶっていく。

真紀は自分の身体を厭《いと》うように、大きく頭を振った。こんなのは知らない。こんな自分は知らない。こんなのは自分の身体じゃない。

「あァ……っ――!」

しかし一際深く突き上げられると同時に、一番感じるその部分を刺激されると、もうどうしようもないほどに淫らな喘ぎが零れた。

こんな獣のような格好で貫かれ、恥ずかしさに顔が上げられない。だがそんな羞恥の中でも身体はさらに昂ぶり、達したい欲求が強まっていく。

「っ……っく……」

真紀は込み上げてくる涙もそのままに、懸命にシーツを摑んだ。そうしていないと、バスィールの前でみっともなく性器に手を伸ばしてしまいそうだ。硬くなっているそこに手を伸ばし、扱き、一気に達してしまいたい――。そんな淫らな欲望が、さっきからぐるぐると頭の中を回り続けている。羞恥も理性もかなぐりすて、ただ欲望のままに快感を貪ってしまいそうだ。

(駄目だ)

それだけは駄目だ。さっきのような痴態を、この男の前で晒したくはない。

だがそうして懸命に耐える真紀の耳に聞こえてくるのは、自分の体奥を穿《うが》つ男の荒い息音と、それと呼応するかのような淫靡《いんび》な水音、そして何よりも淫らな自身の息と声だ。バスィールに突き上げられるたび高い声が口をつき、止められない。

「ア！」

そうしていると、バスィールの手が真紀の乳首に伸びてくる。抓《つね》り上げられ、捏ねられ、揉まれ、溶けるような痺れるような快感が全身を巡る。

「っ…も…ぅ……っ」

真紀は指が白くなるほどシーツを握りしめたまま、呻くような声を上げた。後孔と乳首への絶え間のない刺激に、頭の芯まで熱くなる。涙と快感に目の前が霞《かす》み、目眩《めまい》さえするかのようだ。

「殿下……っ…殿下……」

「なんだ。どうした」

「もぅ…っ…も…許して下さ…ぃ……っ」

「許す？　わたしはお前を咎《とが》めてはおらぬ。どうせよというのだ」

「っアッ……！」

「わたしにどうしろというのだ、真紀」

一層激しく穿ちながら、バスィールは揶揄するように言う。真紀はそれに抵抗するかのように唇を噛んだものの、立て続けに突き上げられれば、ますます高まる快感に、その唇もあえなく解けてしまう。

「殿下……っ……」

真紀はシーツを握りしめたまま、声を押し出した。

「殿下……どうか…どうかもぅ……」

「もう――？」

「もう…いかせて……いかせて…下さぃ……っ……」

恥ずかしさが全身を包む。だがそれよりも、達したくても達せない辛さの方が勝った。

性器に触れてほしい、思い切り扱いてほしい、いかせてほしい――。

しかしそんな真紀の懇願は、思いがけない形で裏切られた。

「あっ――」

次の瞬間、バスィールに再び腕を摑まれたかと思うと、グイと身体を返させられたのだ。

はずみで、埋められているモノに大きく中を抉られ、真紀は大きくおののく。そんな真紀を見下ろし、バスィールは冷たく笑んで言った。

「自分でしてみせろ。達して構わぬ。わたしが許すのはそこまでだ」

「っ……殿下……！」

あまりの言葉に、真紀はわななきながら絶望の声を上げた。今でさえ恥ずかしくて堪《たま》らないのに、自分でしろというのか。しかも——彼の目の前で。彼に見せる格好で。

だがバスィールは愉快そうに口の端を上げると、もう何を言うこともなく再び腰を動かし始める。

見下ろされ、観察するような瞳で見つめられ、真紀は思わず顔を背ける。

こんな男の思うようになんてしたくない——。

バスィールが動くたび、彼の屹立が中を抉るたび溢れてくる淫楽《いんらく》から抗うように真紀はシーツを握りしめるが、揺さぶられ、奥まで突き上げるように穿たれ、無防備な乳首を弄くられると、どれだけ堪えようとしても堪えられない波が体奥から湧《わ》き起こってくる。

「っ……っ……」

とうとう、真紀は涙の滲《にじ》んだ目をぎゅっと瞑《つぶ》ると、自身の性器にそろそろと手を伸ばした。

恥ずかしくて恥ずかしくて堪らない。このまま消えてしまいたい。けれど一度触れてしまうと、手は勝手に射精を求めて動き始めてしまう。

硬く張りつめている性器を握りしめて扱くと、すでに先走りの蜜《みつ》を零していたそこは、濡れた音を立てながらますます猛っていく。

「っあ……あ……っん……っ」

一秒ごとに興奮が高まっていく。突き上げられるたび、腰の奥で熱がうねる。大きく広げさせられていた脚をバスィールにさらに広げられ、より深く突き上げられる。

「ゃ……っ…ぁ…あ、あ、あァ……っ！」

穿たれるたび、腰が揺れる。乳首を弄られるたび背中が撓る。忙《せわ》しなく性器を扱く手が止まらない。喉《のど》を反らして高く喘《あえ》ぐと、その首筋に噛みつくようにして歯を立てられる。

「達するがいい。わたしも、お前の中に注ぎ込んでやろう」

「は……っァ……あ、あア――ッ――！」

そして一際強く胸の突起を抓られたその瞬間。真紀は高い声を上げて、再び絶頂を迎えていた。

ビクビクと背が、腰が震え、生温かく青臭い精液が手の中に零れる。

「っあ……っ」

直後、強く腰を抱かれ、より深く突き込まれたかと思うと、くぐもったバスィールの声と共に体奥に熱いものが叩き付けられるのを感じる。彼の欲望が注ぎ込まれたのだとわかった途端、ぞくりと背が震えた。

涙まみれの瞳に、満足そうに嗤うバスィールの姿が映る。

顔を逸らそうとした寸前、頤を摑まれたかと思うと、息まで奪われるように口付けられた。

◆

「っ……」

それからどのくらい経っただろうか。ふっと目を覚まし、真紀は慌てて目を瞬かせた。

(いつの間に——)

気を失っていたのか。

顔を顰めると、慌てて跳ね起きる。

「っ——」

しかしその瞬間、身体の奥に鈍い痛みを覚え、真紀はますます大きく眉を寄せた。

しかも、全身が軋《きし》むように痛い。その痛みは、自分の身に何が起こったのかを、ありありと思い出させる。乱れたシーツも生々しく、真紀はきつく唇を嚙む。次の瞬間、

「!?」

喉元に違和感を覚え、はっと息を呑んでそこに触れる。

硬いものが触れた。

「な――」

いったいなんなのだ。

真紀は狼狽えながらベッドを降りると、鏡に近付く。

「え……」

見た瞬間、唖然《あぜん》とした。

そこには、まるで首輪のように、金色のチョーカーが着けられていたのだ。

「これは…いったい……」

真紀は慌ててそれを取ろうと引っ張る。だが取れない。

それなら、と首の後ろに両手を回し、留め金を探す。しかしどうしてかそれは外れない。

どうやら鍵《かぎ》がかかっているようだ。

「そんな……」

真紀は絶望的な声を上げた。

どうしてこんなものが？

（殿下が……？）

彼がこんなことを？

真紀は振り返ると、部屋の中にバスィールの気配を探す。だが彼はいないようだ。出て行ったのだろう。仕方なく、真紀は急いで浴室へ向かうと、ごしごしと身体を洗い始めた。身体を清めて、着替えて、早くバスィールにこれを外してもらわなくては。

だが、何度洗っても擦っても、身体中に残る愛撫《あいぶ》の感触はなかなか消えてくれない。結局、真紀は三十分以上かけてなんとか我慢できるまで身体を洗うと、持参したスーツケースから服を引っ張り出し、喉元を隠すようにして着込んだ。

部屋を出てバスィールを探すと、彼は食事中だという。会えるかどうかはわからなかったが、行ってみなければ会えないだろう。そう思い向かってみると、食堂の前には警護をしていると思《おぼ》しき男がいる。目が合うと、彼は微かに眉を寄せ、

「なんだ」

明らかにこちらを威圧しようとしている声で言う。真紀はごくりと息を呑み込むと、気圧されそうになりつつも男を見つめ返して言った。

「で、殿下にお仕えするためにイギリスから来た花村です。殿下にお話があります」

「……」

だが、男は睨み付けてくるだけだ。新参者の一介の従者が、王子であるバスィールになんの用だ、と顔に書いてある。もっともだ。だが真紀も、ここで引き下がれない。

「お願いします！　少しだけです。話があるんです！」

真紀はなんとかして部屋に入ろうとするが、男の大きな身体に阻まれる。彼も職務に忠実なのだ。だが真紀もいつまでも妙なチョーカーなど着けていたくない。

「お願いです！　通して下さい！」

「ならぬ！」

「通して下さい!!」

真紀が必死に声を上げたときだった。

「構わぬ。通してやれ」

部屋の中から声が届く。

慌てて避けた男の傍らを早足に通り過ぎ、部屋に入ると、真紀は食堂の大きなテーブルについているバスィールに近付いた。

広く、天井の高い食堂だからか、足音がやけに響く。見れば、バスィールは食事といっても果物と飲み物だけの簡単なものをとっているだけのようだ。それでも、自分をあんな目に遭わせておいてのうのうと食事をしていると思うと憤りがこみ上げる。

しかも――首にこんなものを。

真紀はバスィールの傍らまで行くと、震える拳《こぶし》をぎゅっと握りしめ、できる限り穏やかに声をかけた。

「お食事中、失礼致します。殿下。どうしても急ぎお話ししたいことがございます」

するとバスィールは葡萄《ぶどう》を手にふっと真紀に視線を向け、ふん、と馬鹿にするように嗤った。

「たかが従者の一人に過ぎぬお前が、わたしに直接話だと？　しかも食事中に乗り込んでくるとは、無礼にもほどがある。それがイギリス流か。お前の主人はいつもそれを許していたのか？」

「！」

その言葉に真紀が真っ赤になると、バスィールは声を上げて嗤う。

「まあいい」

そして嗤いながらそう言うと、意味深に真紀を見つめ、

「他ならぬお前の話なら聞いてやる」

そう言ったかと思うと、壁際に控えている給仕たちに「下がれ」と指示する。人がいなくなると、飲み物を呷《あお》り、改めて口を開いた。

「それにしても、なんの用だ。ぐったりしていたかと思えば随分と威勢がいいな」

「こ、このことです」

バスィールの言葉に、真紀は彼を睨んだまま襟元に触れる。服の上からでもわかる冷たい感触に、胸の中が灼けるようだ。

だがバスィールは、「気に入ったか」とニヤリと嗤いながら言うと、真紀が言い返す寸前、その手をグイと摑んできた。

「あっ――」

バランスを崩し、真紀はバスィールの胸の中に倒れ込む。そんな真紀に、バスィールはニッと嗤ったまま言った。

「お前はわたしのものだという証《あかし》だ。お前に会った日からずっと、お前がそれをつけることを考えていた。シャツのボタンを外して、よく見せてみろ」

「な……」

「さっさとしろ。聞こえないか」

バスィールは真紀を膝の上に抱き上げるようにして抱き直すと、間近から睨むようにして言う。

それでも真紀が動かずにいると、

「ここで裸に剝《む》かれたいか？」

苛立《いらだ》ったようにバスィールが言う。仕方なく、真紀はそろそろと襟元を開けた。

バスィールは満足そうだが、真紀の胸の中は屈辱感でいっぱいだ。

「外して下さい」

真紀は睨み返して言う。しかしバスィールは心外そうに眉を上げ、金のチョーカーを弄《もてあそ》ぶ。

「外す？　これは国で一番の金細工師につくらせたものだぞ。わたしの与えたものに不満があるということか？　侯爵は従者のしつけが行き届いていないな」

「侯爵さまは関係ありません！」

「なくはない。あの男はお前を自慢していた。よく気のつくいい従者だと。にもかかわらず不出来だったなら、それはわたしを謀《たばか》ったことになる。もしそうなら――相応の報復をせねばならん」

「報復!?」

圧力をかけるようなことを匂《にお》わすバスィールに、真紀は声を荒らげた。

「卑怯な真似をして、わたしを無理やり侯爵さまのもとから引き離しておいて、さらに報復とはどういうことですか！」

　ほとんど悲鳴のような声で言う真紀を、バスィールは目を眇めて見つめてきた。

「わたしは欲しいものは何がなんでも手に入れる。報復が嫌なら、外すなどということは二度と考えるな。それはお前のものだ。そしてお前はわたしのものだ」

「……」

「返事は」

「どうしてそこまで……わたしを……。わたしは何か殿下に失礼なことをしてしまったのですか⁉　ならば謝ります！　ですから――」

「そんなことは聞いていない。わたしは、それを外すなと命じたのだ。――返事は」

「殿下……」

「答えろ、真紀」

「……畏《かしこ》まり…ました……」

　険しい口調で詰め寄られ、真紀は嫌々ながらも頷く。するとバスィールは満足そうに、酷薄そうに目を細めた。数時間前、真紀を蹂躙《じゅうりん》したときにも見せた、あの表情だ。そして彼は真紀を見つめたまま、

「恨んでいるだろうな、侯爵を」

　どこか楽しそうな口調で言う。

「お前を売ったあの男を、恨んでいるだろう？」

言いながら、バスィールは真紀のチョーカーに触れる。

真紀はそんなバスィールを間近からまっすぐに見つめ返すと、

「いいえ」

と、きっぱり言った。

バスィールは戸惑ったように微かに目を丸くする。直後、ハッと嗤った。

「お前を売った男をなぜ庇《かば》う」

そして嘲るように言ったが、真紀はバスィールを見つめたまま、

「わたしは売られたとは思っていません」

と、言い返した。

「侯爵さまがわたしをここへ寄越したのは、あなたの卑怯な脅しのせいです。侯爵家のためにご自分のなさるべきことをなさっただけです。そしてわたしは、従者として侯爵さまのご命令に従っただけです。わたしは、侯爵さまを信じています」

「ここへ来ればわたしの慰み者にされると、あの男が知っていてもか」

「！」

「ここへ来ればお前がどんな目に遭うか知っていたのだぞ、あの男は。なのにあの男はお

前を寄越したのだ。しかも――お前には何も教えず、騙《だま》すようにしてな。それでも売られていないと言い張るか⁉　恨んでないと言うのか！　何が『信じている』だ。お人好しにもほどがある‼」

いつになく険しい表情でバスィールは言うと、真紀の腕をきつく掴む。それは、さっきまでのこちらを馬鹿にしているような彼とはまるで違っていて、悲痛ささえ感じさせるほどだ。

「……殿…下……？」

初めて見るバスィールのそんな様子に戸惑い、真紀が思わず声を零すと、バスィールは我に返ったようにはっと息を呑み、掴んでいた真紀の手を離す。そして突き飛ばすようにして真紀を膝の上から下ろすと、乱暴な手つきで飲み物をグラスに注ぎ、一気に飲み干した。その横顔は、まるで痛みを堪えているかのような辛そうなものだ。

強引で傲慢《ごうまん》で人の気持ちなどまったく考えないような今までの態度とは違うバスィールの様子に、真紀が困惑していると、

「下がれ」

バスィールは言い捨てる。真紀は彼のことが気になったものの、言われるままに食堂を出た。

首のチョーカーは重く、胸の中には疑問が残ったままだった。

◆　◆　◆

翌日から、真紀は周囲の人たちにバスィールについて尋ねて回ることにした。

本当なら従者の仕事をしたかったのだが、城の誰一人として真紀に仕事を教えてくれないため、何もできないのだ。そのため、真紀は仕方なく、まずバスィールやこの国のことを知ろうと思った。

バスィールに対しての憤りは、今ももちろん燻《くすぶ》っている。侯爵を脅すような真似をしただけでも酷い男だと思うのに、それだけでなく、一方的に人を陵辱し、さらにはまるで自分の所有物のように扱う男だ。いい感情など抱けるわけがない。

廊下を歩きながら、真紀は今も自身の喉元にあるチョーカーにそっと触れた。あの日以来、これはずっとここにあるままだ。外れない。外せないのだ。鍵はバスィールが持っている。そして彼は、毎晩真紀を抱いては満足そうにこのチョーカーを撫《な》でるのだ。

（っ）

思い出すと、屈辱感と羞恥に頬が熱くなる。心まであの男に渡す気はない。けれどこれがある限り、何をしていても、どうしても彼のことを思い出してしまう。それが悔しい。

とはいえ、真紀は立場上バスィールの従者だ。たとえその仕事をさせてもらえていなくても、バスィールがどう思っていても、真紀自身はそれ以外の何者にもなるつもりはない。それも、敬愛する侯爵に、バスィールのもとに従者として行けと言われたからだ。それだけだ。そして来たからには、侯爵に恥をかかせるような真似はできない。

だから従者の仕事をさせてもらえなくとも、「そのとき」に備えて城やバスィールのことを知っておきたいと思ったのだが――。

「今日も収穫はなし……か……」

あの日からおよそ一週間。真紀は昼下がりの城の庭を当てもなく歩きながら、はあっと大きく溜息をついた。この国のこと、バスィールのことについて少し話を訊《き》きたいと思って毎日歩き回っているのに、今日に至っても収穫はゼロだ。誰も相手をしてくれない。それどころか、ろくに目も合わせてくれないとは。

とぼとぼと歩きながら、また溜息が漏れる。

異国から来た身だし、多少は警戒されても仕方ないとは思っていたが、これは少し異常だ。ひょっとして、バスィールが何か言っているのだろうか。イギリスから新しくやってきた男とは関わるなとか——話すなとか。

それすら確かめることはできないが、まるでそうとしか思えない扱いだ。これでは、仕事をするどころの話ではないし、日に日に孤立感が高まっていく。このまま誰とも話せないままだとしたら、自分はここでどうやって生きていけばいいのだろう。

ずっとバスィールの玩具《おもちゃ》として過ごすのだろうか。彼が飽きるまで、ずっと。

想像して、真紀は顔を曇らせる。そのときだった。

「うわっ！」

どこからか、狼狽えたような男の声が聞こえ、直後、何かが落ちたような鈍い音が届く。

慌てて声と音のした方へ足を向けると、庭の花々を区切るような格好で植えられている低木の生け垣の向こうに、一人の老人が倒れていた。周囲には、バケツやジョウロ、そして大きな袋が転がっている。

「大丈夫ですか？」

真紀は急いで近付き声をかけると、老人を抱き起こす。見れば、彼が身に着けているエプロンも長靴も泥だらけだ。

庭師だろうか？

想像しつつ、真紀は彼を抱きかかえたまま、再び「大丈夫ですか？」と声をかけてみる。

老人はようやっと「ああ」と頷いた。

「すまんな。ちょっとよろけてしまって」

「どこか怪我《けが》は……」

「ああ――いや、大丈夫だ」

「立てますか？　僕に摑まって下さい」

「だがきみの服が……」

「そんなの気にしないで下さい」

真紀が言うと、老人はしばらく真紀を見つめ、頷いて摑まってくる。真紀は彼を抱きかかえたまま、そろそろと立ち上がった。

「どこに行けばいいですか」

「この少し先に小屋がある。そこまで頼めるか」

「はい」

言われるまま、老人を支えて歩くと、ほどなくそれらしき小屋が見えてきた。初めて訪れる場所だ。真紀は小屋の前にある木造りのベンチに、そっと老人を座らせた。

「大丈夫ですか？　身体は……」

「大丈夫だ。助かった。ありがとう」

「いいえ。じゃあ僕は落ちていた物を取ってきますね」

そして老人と出会ったところに戻り、彼が持っていたと思しきバケツやジョウロ、袋を持ち帰る。大きな袋は重く、ずっしりと中身が詰まっているようだ。

真紀が戻ると老人は、

「ありがとう。すまないな」

と、ほっとしたような嬉しそうな顔で言う。真紀は笑顔で「いいえ」と頭を振った。

ささやかだが、久しぶりに誰かの役に立てたことが嬉しい。足下に荷物を置くと、老人は袋を開けて、中を見せてくれた。

「重かっただろう」

「これは花の苗…ですか？」

「ああ」

一つ一つ取りだされるそれは、全て違うもののようだ。

そして老人は「わしはロウという」と名乗ると、慌てて名乗り返した真紀ににこにこ頷きながら言った。

「これは全部、庭に植える花の苗だ。試しに取り寄せたものでな、これから植え替えようと思っていたんだ」

　次いでロウは苗の一つを持ったまま腰を上げる。まだ少しふらつくようだが、怪我はしていないようだ。しっかりとした足取りで小屋の中に入っていくと、

「こいつらと同じようにな」

　と、いくつものプランターを見せてくれる。

「うわ……」

　真紀は思わず声を上げていた。そこには、何種類もの苗を植えられたプランターが並んでいたのだ。

「凄《すご》いですね。これは全部この城の庭のための……？」

「そうだ。場所、季節…周りとの調和……それらを全部考えて庭の木々を決めているのでな」

「ロウさんが全部？」

「そうだな。もちろん殿下の許可を得てだが。こういうのを見るのは初めてか」

「はい」

　真紀は素直に頷いた。

「以前の勤め先で、少しだけ庭仕事の真似事をしたことはありましたが……こんなに多く

の苗を見たのは初めてです」

「ほう」

ロウは面白そうに声を上げた。

「真似事とはいえ、あんたみたいなべっぴんさんが庭仕事とは。珍しいところに勤めていたものだ。そんな細い腕で仕事ができていたのかね」

「手伝い程度でしたけど……一応は。いろんな仕事ができるようになりたかったんです。少しでも…どんなことでもお役に立ちたくて」

侯爵の屋敷にいたころのことを思い出しながら、真紀は言った。そう、あのころはまだ勤めはじめたばかりで、やっとお側で仕事ができることが嬉しくて、なんでもやりたかった。どんなことでも、少しでも役に立ちたいとそればかり願って。

「あの……」

気付けば、真紀はロウに向けて口を開いていた。

「あの、もしよかったらお手伝いさせて頂けませんか。植え替えでも水やりでも肥料運びでも草むしりでも、なんでもします」

「……」

「なんでもします」

真紀は繰り返すと、ぱっと頭を下げる。

何かしていなければ、ただこの城で囲われているだけだ。働かず、ただただバスィールの閨《ねや》の相手として。そんなことには耐えられなかった。

するとロウはじっと真紀を見つめ返してくる。ふむ、と小さな声が聞こえた。

「手伝ってもらえるならわしは助かるが……見たところ、庭仕事のためにこの城に来たのではないようだが」

「はい……」

真紀は答える。

だがそれ以上は続けられなかった。今の自分の立場を改めて口にする勇気はなかった。

「駄目ですか……？」

代わりに、おずおずと尋ねる。が、直後、はっと気付いた。

ひょっとして、この申し出は彼に迷惑をかけてしまうのではないだろうか……？

やっと話せる相手ができて、やっと自分にできそうなことを見つけられて、嬉しさのあまり希望を口にしてしまったけれど、そのせいで彼に迷惑をかけたくはない。

「あ――あの…すみません。無理を言って。今の言葉は忘れて下さい」

慌てて、真紀はそう続ける。ロウが不思議そうに首を傾げた。

「どうした。妙な男だな。仕事をさせてくれと言っておいて、すぐにそれを取り消すとは。やはり庭仕事は嫌か」

「い、いえ」

真紀は首を振った。

「嫌じゃないです。やりたいです。でも…あなたにご迷惑がかかっては…と……」

そして真紀は、今までの事情を掻《か》い摘んで説明する。もちろんバスィールとのことは口にしなかったけれど、この城に来てはみたものの、誰とも話せていないことや仕事をさせてもらえないことなどを打ち明けると、「なので……」と自分の推測を伝えた。

「なので、僕に関わるとあなたにも迷惑がかかるんじゃないかと思ったんです。どうしてかはわかりませんけど、僕、ここでは邪魔者のようなので……」

「……」

するとロウはじっと真紀を見つめてくる。そしてふっと笑うと、いくつかの帳面を真紀に渡してきた。

「やる気があるなら、手伝ってもらおうか。なあに、これで仮に迷惑がかかったとしても、せいぜいここを追い出されるぐらいだ。それならそれで構わんよ」

「でも……」

真紀はついつい尻込《しりご》みしてしまうが、ロウはもうすっかり手伝わせようという気だ。

「人手が多いと助かる。お前さんに向いていそうな仕事があってな」

真紀に背を向けると、先に立って歩き始める。

真紀は少し考えたものの、「わかりました！」と頷いた。

「手伝います！　お手伝いします！　何をすればいいんですか⁉」

やっと仕事ができると思うと、ついつい声も弾んでしまう。

すぐにロウに続くと、彼は「ははは」と楽しそうに笑った。

「慌てなくとも、仕事は逃げん。それにしても面白い男だのう。そんなに仕事が好きとは」

「仕事をするために来ましたから。でもなかなか上手《うま》くいかなくて……」

これまでのことを思い出して、知らず知らずのうちに声が小さくなる。するとロウはしばらく真紀を見つめ、「なら、ここではたっぷり働いてもらうかな」とふざけるように言う。その言葉の優しさに真紀も微笑《ほほえ》むと、ロウは仕事の説明を始めた。どうやら、苗の植え替えと在庫の確認のようだ。

「植え替える予定のものは、全てここに集めてるはずだ。帳面は今渡したな。庭の地図とこっちの予定表を照らし合わせて、植え替えの前にどの苗がいくつ残っているか確認してもらいたい。わしはもう細かい数字が見づらくてな。弟子にやらせてたんだが、どうも……計算があまり得意ではないようで……。だがあんたならできるだろう」

「わかりました。じゃあ、早速」

渡された帳面や書類を見つめると、真紀は大きく頷き、すぐに仕事に取りかかった。

その傍らで、ロウは道具の手入れを始める。真紀は手を動かしながら、ロウに尋ねた。

「それにしても、随分たくさんの苗を使うんですね。種類も…数も」

「殿下がお好きでな。陛下がお年でほとんど隠居なさって、殿下が主にこの城のことを取り仕切るようになってからは、ありがたいことに、庭についてはかなり自由に時間とお金を使わせてもらってる」

「殿下って……バスィール王子、ですよね。彼が熱心なんですか？」

意外だ。彼が花や庭造りが好きだとは。しかし真紀の驚きをよそに、ロウは「ああ」と頷いた。

「学生時代に留学先で見た綺麗な庭が思い出に残っているとかで、帰国されてからもご熱心だ。機会を作ってはあちこち見て回っているようだし、わしより詳しいこともある」

「……」

思いがけないバスィールの一面に、真紀が驚いたときだった。

「じーさん、門扉の修理終わったぜ」

声がしたかと思うと、褐色の肌に大きな黒い瞳、くるくるとウエーブのかかった黒髪の青年が姿を見せた。歳は十七、八というところだろうか。彼も作業着にエプロンと長靴姿だ。そしてそのどちらも、ロウと同じように泥だらけになっている。

だが、ここに他人がいると思っていなかったのだろう。彼は真紀を見ると一瞬戸惑ったような表情を見せ、

「あんた誰」

警戒するように言う。

真紀は慌てて立ち上がると、「花村真紀です」と名乗った。

「一週間ほど前からこの城に来ています。よろしく」

そして握手をしようと手を差し出す。が、青年は何か考えるような表情を見せたかと思うと、「あっ」と声を上げた。

「あんた、イギリスから来たって人だろ。殿下に取り入って、この城を乗っ取ろうとしてるっていう！」

「ええっ⁉」

「こんなところで何してるんだよ。じーさん、なんでこんな奴がここにいるんだよ。早く

追っ払えよ」

「……」

青年の言葉に、真紀は絶句する。だが彼は誰かから聞かされたそんな話を信じているのか、睨むようにして見つめてくるばかりだ。

「そんな……僕は……」

真紀が言い返すための言葉を探したとき。

「何を馬鹿なことを言ってる。それよりほら——門扉の修繕が終わったならわしの仕事を手伝え。このままじゃ根が弱る」

それより早く、ロウが口を開いた。

「でも！」と不満そうな声を上げる青年の腕を掴むと、無理やり自分の隣に座らせた。

「いいからさっさと手伝え。まったく…くだらん話に惑わされおって」

「くだらなくなんかないよ！　みんなそう言ってるぜ？　殿下のご寵愛《ちょうあい》をいいことに、城を好き勝手しようとしてる、って」

「それがくだらんというんだ。だいたい、取り入るだの寵愛だの好き勝手だの……その一つでもお前は実際に目にしたのか」

手を動かしながら、ロウは言う。途端、青年はうっと押し黙った。その様子に、ロウはふーっと息をつく。

「ルーヴォ、お前はそういうところがいかんのだ。庭仕事は退屈なのかもしれんが、盗み聞きした噂《うわさ》に惑わされてどうする」

「べ、別に退屈なんて思ってないよ。それどころかじーさんと仕事するのは面白いと思ってるしさ。だから噂が気になったんだよ。新しく来た奴がもし殿下に余計なことを吹き込んだらどうしよう、って」

「うん？」

「『庭にお金をかけるなんて無駄だ』なんて言って、そのせいで殿下が今までみたいに自由にさせてくれなくなったら嫌じゃん」

ルーヴォと呼ばれた青年はそう言うと、ちらりと真紀を見る。ロウがまた溜息をついた。

「ルーヴォ、まさか今の話をわし以外の誰かにしておらんだろうな」

「え…し、してないけど……なんで？」

「殿下のお耳に入れば大変なことになるからだ。まったく…お前もここで働きはじめてもう半年が過ぎようかというのに、未だ殿下のご気性をよくわかっておらんな」

「……どういうこと？」

「他人の言葉に惑わされたりはせぬお方だということだ。ましてや使用人の言葉など気にも留めぬお方だ」

「……」

ロウの言葉に、ルーヴォは黙り込む。納得しているのだろう。

真紀がいくらかほっとしていると、ロウが苦笑する。庇ってくれたのだとわかり、真紀は胸が熱くなった。味方など一人もいないと思っていたこの場所で、はじめて信じられる人ができた気がする。それに勇気づけられ、真紀はルーヴォに向くと、きっぱりとした口調で言った。

「僕は、ただの従者としてここへやってきただけです。以前の主人である侯爵と殿下との間で、そういう話になったらしいから。ただそれだけです。だから誰がなんと噂していようが、僕はこの城をどうこうしようという気なんかない。従者の一人、使用人の一人として、自分の仕事をするだけだ」

「……じゃあどうしてみんな…あんたのことあんなふうに……」

「それはわからない。僕は他の人たちとも仲良くやっていきたいんだけどね……」

仕事をさせてもらえない、話をしてもらえないだけかと思いきや、知らないところで根も葉もない噂を流されていたなんて。

新参者がいじめられたり遠巻きにされたりというのは使用人たちの間では珍しいことで

はないけれど、こうも露骨に標的にされるとは思っていなかった。

どこまで知られているのだろう？

考えて、真紀は溜息をつく。

決して自ら望んだことではないとはいえ、真紀が今、この城にいることは紛《まぎ》れもない事実だ。そしてバスィールが真紀を侯爵のもとから取り上げたことも、彼に近い従者であればあるほど知っているだろう。バスィールと真紀が毎晩、何をしているかも。

だから警戒され、嫌われているのだ。

真紀が本当はどんな思いでいるかなど、知る者はいないのだから。

悔しさと歯がゆさを感じながらも、真紀は気を取り直して仕事に戻る。事実と違う噂を流されていることは嫌で堪らない。けれどロウは――彼だけは味方してくれた。そんな彼に任された仕事は、しっかりとやらなければ。

真紀は改めてそう思うと、気を入れ直して帳面に目を落とした。

◆

陽が落ちるまで苗の数と帳面の数字とを付き合わせたものの、最後まで終えることはできず、真紀は「また明日来ます」と言い残してロウの小屋をあとにした。ルーヴォはまだ真紀を疑っているようだが、仕事をすることについては何も言わなくなった。

真紀は久しぶりに心地好い仕事疲れを感じながら、自身の部屋へ戻る。するとバスィールからの使いが「すぐに部屋へ来るようにとの仰せです」と伝えてきた。

その言葉に、真紀は唇を嚙む。仕事も与えられないまま、一方的に部屋に呼びつけられる自分の立場が情けなくて悔しくて堪らない。

とはいえ、王子である彼の命に背くわけにもいかず、仕方なく、真紀は彼の部屋へ向かう。

部屋へ入ると、バスィールは長椅子《いす》に横たわって書類を読んでいた。

辺りにも、たくさんの書類がある。

近付くと、バスィールは「少し待っていろ」と、書類を見たまま言う。どうやら、まだ仕事中のようだ。

「あ——あの、殿下。わたしは出直して……」

「待っていろと言ったのだ」

「……」

仕方なく、真紀はその場で仕事が終わるのを待った。

見るともなく部屋の中を眺める。改めて見ても広い部屋だ。

真紀の部屋も見たことがないほど広く豪華だと思っていたが、ここは比べものにならない。至るところに金がふんだんに使われ、部屋自体が輝いているようだ。

そんな部屋の中でも威厳と存在感を保っているバスィール。豹のようなその長身をぼんやり眺めていると、

「お前が来て一週間ほどだな。ここでの生活はどうだ」

書類に目を落としたまま、バスィールが尋ねてくる。真紀は少し考えたのち、

「快適です」

と答えた。

嘘だ。

だがバスィールは真紀の置かれている状況などわかっていて尋ねたに決まっている。思い通りの返答をするのは癪《しゃく》だった。するとバスィールはクッと小さく嗤った。

嘲るようなそれに、苛立ちが込み上げる。真紀が必死で堪えていると、

「庭師と話をしていたようだな」

相変わらず書類を見つめたまま、バスィールが言う。真紀は微かに眉を寄せた。もう知られたのか。しかしそれなら隠しても仕方がない。真紀は「はい」と努めて静かに答えた。

「たまたま知り合いました」

「見かけた者の話では、仕事を手伝っていたとか？」

「わたしで役に立てることがあったようなので。明日からはもっときちんと仕事をしたいと思っています」

「必要ないと言ったら？　お前は仕事などする必要はない。ましてや庭仕事など」

「ここへ参った以上は仕事をするつもりです」

「ふん」

すると、バスィールは鼻で嗤うような声を上げ、持っていた書類を放る。長椅子から降りた彼に腕を引かれたかと思うと、ベッドの上に引き倒され、のしかかられた。

「っ――」

「侯爵を恨んでいるだろう」

驚きと衝撃に戸惑う真紀に顔を寄せ、尋ねてくる声は、揶揄するような響きだ。

真紀はまっすぐに見つめ返すと、「いいえ」と首を振る。途端、バスィールが顔を顰めた。

「お前を売った男をなぜ庇う」

不機嫌そうに言うバスィールに、真紀は言った。

「わたしは売られたと思っていません。侯爵さまを信じています」

この男がどう言おうが、どう思おうが知ったことか。

すると、それが気に障ったのだろうか。バスィールはさらに顔を近づけてくると、目を眇め、睨むようにして言った。

「あのじじいと寝ていたのか」

「！」

その瞬間、真紀は頭に血が上ったのがわかった。

「侯爵さまはそんな方ではありません！」

思わず、場所も相手も考えずに言い返す。バスィールの身体を突き放すようにして、強く腕を突っ張った。

「言ったはずです！　あの方はあなたなんかとは違……っ――！」

「わたしにそんな口をきくな」

次の瞬間、顎にきつく指が食い込んでいた。

他でもない、バスィールの指だ。彼は真紀の顎を砕かんばかりに摑むと、顔を寄せ、燃えるような目で睨みつけてきた。

「お前はまだ自分の立場がわかっていないようだな。お前はわたしのものなのだ。わたしに反抗するな。お前は、あのじじいに売られてわたしに買われたのだ」

「っ……っ……」

「どれだけ信じようと、お前は裏切られたのだ。あの男に売られたのだ。だからここにいる。だからわたしの側にいるのだ。何が『信じている』だ。お人好しにもほどがある！」

そして声を荒らげると、噛み付くように口付けてくる。

そのキスは荒く、触れてくる手も乱暴だ。だが今しがた聞いた彼の言葉は、どうしてか悲しげで、真紀は訝しさを抱かずにいられなかった。

◆
◆
◆

「この苗はこっちでいいんですか？」

「ああ。目印に合わせて植えてくれ。その、石垣のところまでだ」

「わかりました」

それから一週間経ったものの、真紀は相変わらず従者としての仕事はさせてもらえないままだった。ルーヴァが口にしていたようなよからぬ噂がすっかり広まっているらしい。

食事こそ、辛うじて皆と同じ食堂で摂ることになったものの「同じ場所で食べているだけ」というありさまで、話をしてくれる相手など誰もいない。結局、真紀は一日の時間のほとんどを庭師のロウとともに庭で過ごしていた。

太陽の下、黙々と土や花や緑に触れていると、心がほっと落ち着いていくようだ。侯爵家にいたときのことを思い出す。

言われたところまで苗を植え終え、ふう、と息をつくと、ロウが「疲れただろう」と笑った。

「本でも読んでいる方が似合いそうな手なのに、物好きな奴だ」

「確かに読書は好きですけど、庭仕事も好きですよ。それに、僕はここに働くために来たんですから」

「従者の仕事は、まだ何もさせてもらえないのか」

ロウの質問に、真紀は苦笑する。ロウはふうむ、と息をついた。

「馬鹿な奴らだの。お前が一人いれば随分仕事が楽になるだろうに、つまらん噂に振り回されて」

「自分の領分を侵されたくない気持ちはわからなくもありませんから……。異国からの新参者となれば仕方のないことです」

（それに……）

真紀は密《ひそ》かに眉を寄せた。

それに、自分とバスィールとが通常の主従の関係を踏み越えていることは、きっともう多くの人に知られているだろう。真紀にすればただ慰み者にされているだけだが、王子の寝室に侍《はべ》ることを恨まれていないとも限らない。

「どうした、難しい顔をして」

すると、ロウが心配そうに尋ねてくる。真紀は慌てて「なんでもないです」と頭を振った。

「いえ、その…どうすれば皆さんと仲良くなれるかな、と。このままというわけにはいかないでしょうし」

「そうだのう。まめに声をかけるしかないじゃろうて。でも、そんなに仕事がしたいのか」

「そうでなくては、来た意味がありませんから」

真紀は答えたが、その意味を実感する方法のめどは、未だ立たないままだった。

◆

食堂に入ると、途端にそれまでの賑《にぎ》やかさが嘘だったかのように静かになる。

真紀はもう慣れてしまったこの状況に胸の中だけで溜息をつくと、空いている席を探した。

できれば、同じ歳ぐらいの人の隣に座りたい。けれど皆、真紀とは目を合わせないようにしている。男も女も、歳の近い者もそうでなさそうな者もだ。

仕方なく、真紀は空いている席に一人で座った。

じろじろと見られているのが伝わってくる。それでいて、真紀が見ると皆さっと目を逸らす。

スープを飲みながら、いつまでこんなことが続くのだろうかと、また一つ溜息をついたときだった。

「えぇ!? ないってどういうことよ」

食堂に、声が響いた。

見れば、メイドの一人が皿を手に給仕係に詰め寄っている。係の男はたじたじの様子で言った。

「だから、お前の分の食事はないんだって。だいたいお前、今日は夜まで帰ってこないかも、って言ってたじゃないか」

「『かも』とは言ったけど、帰ってこないとは言ってないわよ。なのにどうしてないのよ！」

どうやら、夕食を食べはぐれてしまいそうになっているらしい。

真紀は少し考えると、まだ手をつけていないパンを手に立ち上がり、言い争っている二人のところへ近づく。そしてメイドが持っている皿の上に、それをぽんと置いた。

「これ、よかったらどうぞ」

だが二人はぽかんとしている。真紀は苦笑すると、丁寧に続ける。

「まだ手をつけていないから。よかったらどうぞ」

「で、でもあなたは？」

「僕はそんなにお腹が空いていないから」

「でも――」

メイドが言いよどんだときだった。

「もらっておけよ。そいつ、働いてないから食べる必要ないんだよ」

どこからか、からかうような馬鹿にするような声が飛び、食堂が笑い声に包まれる。

やれやれと思いつつ、真紀が「食べて」と繰り返すと、メイドはしばらく真紀を見つめ、やがて、おずおずと頷いた。

「あの…ありがとう」

「どういたしまして」

微笑み返してそのまま食堂を出ると、真紀は部屋へ戻りながら心を決める。

半月近く我慢した。だがもうそろそろそれも終わりにしていいだろう。

◆

「ヴェンターさん」

翌日、真紀は食堂へ行くと、席に着く前に一人の男に声をかけた。かけられた男は、驚いたように目を丸くしている。真紀が名前を知っているとは思わなかったのだろう。

だが真紀は知っていた。無視され続けながらも三度三度食堂で食事をしていたのはそのためだ。

城で働く人たちの名前をできるだけ多く知るため。そして、それぞれの立場を知るためだ。

このヴェンターは、真紀たち従者をとりまとめている男だった。

真紀は彼の前に立つと、にっこりと微笑んで続けた。

「今日は、わたしは何をすればいいでしょうか」

「……」

「すべき仕事を教えて下さい。どうぞ、わたしに指示を」

食堂は静まりかえっている。それまでの喧噪《けんそう》が嘘のようだ。全員が固唾《かたず》を呑んで真紀たちの様子を窺っているのがわかる。

それをひしひしと感じながら、真紀はじっとヴェンターを見つめ、返事を待つ。無視することもできないと思ったのか、彼は顔を顰めながら、「別に、何もない」と言い捨てた。

「庭師とでも話していたらどうだ」

そして背を向け、食事を再開しようとするヴェンターに、

「ヴェンターさん」

真紀は再び声を上げた。

「わたしは遊ぶつもりでここへ来たわけではありません。何か誤解されているようですが、仕事をしたいと思っているのです。これ以上わたしをこのままにする気なら、わたしも好

きにやらせてもらいますが」

「なんだと？」

「自分で仕事をする、と言っているのです。手順もあるかと思って黙っていましたが、そうでないなら勝手にやらせてもらいます」

「な――」

「おい、生意気だぞ」

真紀の言葉に圧《お》されたように言いよどむヴェンターの代わりに、一人の従者が言い返す。

だが真紀は即座にその男に向き直ると、

「わたしを生意気だというなら、あなたたちは傲慢です」

きっぱりと言い返した。

「わたしは何度もあなたたちと話そうとしました。でも、あなた方は一人としてわたしを仲間として受け入れようとしなかった。わたしについての噂があることは知っています。ですがそれは全て嘘です。けれどわたしはそれを弁解する機会さえ与えられなかった。半月経っても話をする気もないというなら、これ以上わたしも歩み寄ろうとは思いません。一人で好きにさせてもらいます」

そして一気にそう話すと、そのまま食堂を出る。

言いたいことを言ってすっきりとした気持ちと、こんな形にしたくなかったのにという後悔とが混じる足取りで歩いていると、

「花村さん！」

背後から女性の声がした。

昨日真紀がパンをあげた、あのメイドだ。名前は確かノカ。彼女は駆け寄ってくると「待って下さい」と、真紀を引き留めた。

「あの…あの……」

「何？」

「あの、噂が嘘だっていうのは、本当ですか」

「本当です。『嘘が本当』っていうのはなんだか変だけど、わたしはこの城の人たちと揉めるために来たわけじゃありません」

「……」

「本当です」

「本当に、本当なんですか？　わたしたちの様子を探って、辞めさせるために来たんじゃ……」

「そういう話もあるんですか」

ノカの話に、真紀ははーっと大きく息をついた。バスィールに取り入ってこの城を取り仕切ろうとしているという噂だけかと思えば、そんなスパイのような男だと思わせる噂もあったとは。

（いったいどれだけ嫌われてるんだか）

ふうっとまた一つ溜息をつくと、真紀はノカを見つめた。彼女の瞳には、不安と怯《おび》え、そして狼狽《ろうばい》が滲んでいる。安堵《あんど》させるように、真紀は小さく微笑んだ。

「そんな話、嘘です。わたしにそんな権利はありません。わたしはただ、ここに働きに来ただけです」

「わ、わざわざイギリスから……？」

「……ええ」

わざわざ、だ。

好きで来たわけじゃないけれど。

この半月ほどの自分に起こったことを思い出し、真紀が自嘲《じちょう》しかけたときだった。

「すみませんでした」

ノカが、ぽつりと呟いた。彼女はまっすぐに真紀を見つめて言う。

「わたし…みんながそう噂してるのをそのまま信じてて……花村さんは悪い人なんだ、って……てっきり……」

「気にしないで。仕方ないよ、新参者だし」

「でも！」

再び歩き始めた真紀に取りすがるように、ノカは言った。

「でも…ごめんなさい。わたし、自分がここに来たとき凄く不安で…なのに花村さんにもそんな思いをさせて……」

今にも泣きそうな声で言うノカに足を止めると、真紀は「いいんだよ」と頭を振った。

「それより、わたしといるときみまで悪く言われないか心配だよ。わたしはもう言いたいことは言ったから、きみもみんなのところに戻った方がいい」

しかしそうして真紀が再び歩き出したとき。

「あ、あの、でもわたしみんなに――」

ノカが追いすがるように駆け寄ってくる。次の瞬間、

「あっ――」

「危ない！」

バランスを崩した彼女の身体が、ぐらりと傾《かし》いだ。慌てて抱き留めたそのとき、肩が彫刻にぶつかり、倒れたそれは粉々に砕け散ってしまった。

「あ………！」

床に響く粉砕音に、ノカは真紀の腕の中で真っ青になっている。

「怪我は⁉」

真紀が尋ねても、彼女の顔は青いままだ。

そうしていると、音を聞きつけたのかばらばらと人が駆けつけてきた。

「いったいなんの音だ？　どうし…あ――」

「わたしの不注意です」

真紀はノカを支えていた腕を解くと、割れた彫刻を目の前にして啞然としている男の一人に向けて言った。途端、男はぎっと真紀を睨み「とんでもないことをしてくれたな」と唸《うな》るように言う。

「あんな啖呵《たんか》を切っておいてこれか？　仕事どころか、出ていってもらった方が良さそうだな」

「やめて下さい！」

そのとき、ノカが声を上げた。彼女は男の前に立ち塞がると、必死の面持ちで言う。

「花村さんはわたしを庇ってくれているだけです。だいたい、どうしてみんな花村さんを追い出そうとするんですか。花村さんは、噂は全部嘘だって言ってます」

「本当のことなんか言うわけないだろ」

「でも噂も噂でしかないじゃないですか！　なのにみんなで無視したり追い出そうとしたり……。こんなの、もうわたし嫌です」

「妬《ねた》ましいからだよ」

するとと、集まってきていた男の中の一人が、ぽつりと言った。真紀と目が合うと、その男はますます顔を歪めて言う。確か、真紀が最初にここへ来た日に案内してくれた男だ。

「こいつは殿下のお気に入りだ。わざわざイギリスから呼ぶほどなんだぞ。こっちは気分がいいわけないだろ」

「だからって――」

ノカが言い返そうとしたときだった。

「とはいえ、俺は働き手が増えるんならそれでいいかとも思ってるんだけどな」

真紀たちを取り囲んでいた男たちの中の一人から、不意にそんな声が上がる。

「おい、裏切るのかよ」

途端、辺りがざわついた。だが声を上げた男は平気な顔だ。

「裏切るも何も、みんな様子見してただけだろ。ま、そういう態度が狡《ずる》いっていうならそうだけど、せっかくの人手をこれ以上無駄にしてるのもどうかと思うんだよな。お前らが嫌っても凹むどころか言い返すぐらいの奴なんだし」

そして真紀に近付いてくると、

「なあ、仕事するなら手伝ってくれるか」

気安く、ごくごく普通に尋ねてくる。

「は――はい」

真紀は嬉しさのあまりつい大きな返事をすると、男について行く。その背中に、人だかりが解散していく足音が聞こえた。

◆

そうして一日仕事をする機会を得ると、真紀は日を追うごとに城に馴染んでいった。

元々、真紀は仕事ぶりが真面目だ。そのため、それまで何もさせてもらえなかったことが嘘のように、仕事を任されることになったのだ。

そして仕事を任されるようになれば、人と接することも多くなる。そうなると、信頼されるのは早かった。

あの小さな揉め事から、約十日。もうすっかり城の一員として皆に交じって昼食を摂りながら、真紀はバスィールについての話をいろいろと聞くことができた。

「殿下ですか？　そうですね……昔から聡明《そうめい》でご立派な方ですよ。まだお小さいころにお母上を亡くされて大変でしたでしょうに、いつもしっかりなさっていて。わたしたちにも気さくに話しかけて下さって。ただ……最近は少しお変わりになられたように思います」

ここに長く勤めているという女性、スーランに普段のバスィールのことを尋ねてみると、彼女はそう言って顔を曇らせる。

「何かあったんですか？」

気になって、真紀は尋ねた。

彼女はあまりに沈痛な面持ちだったのだ。

するとスーランは、辺りを見回す。声を落として、静かに続けた。

「もうみんなそれとなく知ってることですから、花村さんも知っておいた方がいいと思って話しますけど……。実は殿下は、少し前にその……揉め事があって」

「揉め事？」

「というか、諍《いさか》いというか……」

言いにくそうだ。彼女は、さらに声を落として言った。

「端的に言うと、ご友人と仲違《なかたが》いされたようなんです。それまでちょくちょくいらしていた方が、ある日を境にとんと顔を見なくなって。その前後からです。殿下の雰囲気がこう……少しお変わりになってしまったのは」

「……そんなことが……」

「ええ。それ以降はなんとなく、周囲の方を遠ざけているというか……。ですから、花村さんが来たときには驚いたんです。立派なお屋敷にお勤めしていた方とはいえ、殿下がわざわざ呼ばれるなんて……って……」

スーランの話に、真紀は半分驚き、そして半分得心していた。

まさか彼に、それほど親しい相手がいたとは思わなかった。そんな相手と仲違いするようなことがあったのなら、今のような非情な態度を取るようになったことにも少し合点がいく。

だが――。

何があったにせよ、侯爵を侮辱するのはどうしても許せない。

バスィールについて一つわかったものの、真紀はこれからのことを思い、溜息をつかずにいられなかった。

◆

そんなある日。

「花村さん、今日は仕事は結構です」

朝食を終え、仕事をしようとしていると、そう声がかけられた。

振り向けば、そこにはヴェンターがいた。仲間に先に認められてからというもの、ヴェンターも真紀に仕事の指示をしてくれるようになった。自分の部下だと認めたのだろう。

それ以降、真紀はその指示に従って粛々と仕事をしてきたつもりだが、何か彼の機嫌を損ねるようなことをしてしまっただろうか。

「どういうことでしょうか」

尋ねると、ヴェンターは他の従者たちが食堂を出て行くのを確認してから口を開く。

「殿下がお呼びです。今日は側にいるように、と」

「……」

その言葉に、真紀は声をなくす。

この数日、バスィールからの呼び出しはなくなっていた。だから自分に興味はなくなったのだろうとほっとしていたのに、それはぬか喜びだったようだ。やっと普通に仕事ができるようになったのに、こうしてまたバスィールの気まぐれのせいで皆との間に溝ができてしまうのか。

「……わかりました」

返事をしながらも、悔しさのような無念さのような思いに、真紀が思わず俯《うつむ》き、唇を噛んだときだった。

「花村さん」

再び、ヴェンターの声がした。だがその声は、以前よりもどこか優しさを感じるものだ。はっと顔を上げると、彼は静かな瞳で真紀を見つめて言った。

「心配しなくても、きみが懸念しているようなことにはならない。きみはもう充分この城の一員として認められている。もちろん、わたしも認めている」

「……」

思いがけない言葉に、息を呑む。戸惑う真紀の視線の先で、ヴェンターは苦笑した。

「きみをほうっておいたわたしの言葉は信じられないか？　それもわかるが、わたしは従者同士の揉め事には極力立ち入らないようにする主義だ。わたしが口を挟めば、その場は収まるが、遺恨は残るだろうからな。当事者同士で話をつけさせる。きみのように、わたしに直接言ってきた者は稀だ」

「それについては、もうなんとも思っていません。ヴェンターさんがわたしたちから一歩引いて周りを見ていることは、この数日でよくわかりましたし……。むしろあのときは申し訳ありませんでした」

真紀が謝ると、ヴェンターは苦笑する。そんなヴェンターに、真紀は顔を上げて言った。

「でも、本当に大丈夫でしょうか。今日のことでまた……」

「きみに対して相変わらず妬み、嫉《そね》みを持つ者はいるだろうな。だがそういう者たちだけではない、ということだ」

ヴェンターは、真紀の肩をぽんと叩いた。

「よほど疎い者でなければ、殿下がきみを〝殊更〟側に置きたがっているということは気付いている」

「！」

「しかしそれは、わたしたちにとって少し嬉しい変化でもあるのだ。殿下がまた誰かに興味を示されたということは」

その言葉に、真紀はヴェンターを見つめた。

自分とバスィールがどういう関係なのか他の人たちにも知られていると思うと、恥ずかしさにいたたまれなくなる。だが彼の今の言葉は聞き流せない。

確かスーランも同じようなことを言っていなかったか？

「あ、あの…殿下のことについて、もう少し教えて頂けませんか。もう少し……殿下に何があったのか」

真紀はヴェンターに尋ねる。だが彼は「わたしから話すことではない」と首を振った。

「それよりも、早く行け。殿下をお待たせするようなことがあってはならん」

そして急《せ》かすように言われ、真紀ははっと我に返る。

わかりました、とその場を立ち去ったが、ヴェンターの言葉は胸の奥に残ったままだった。

◆

「殿下、お呼びとのことですが」

そして数分後。

部屋へ辿《たど》り着くと、バスィールは外出着姿だった。

「えっ？　お、お出かけになるのですか？」

驚いて、真紀は尋ねる。バスィールは頷《うなず》くと「ついてこい」と先に立って部屋を出る。慌てて真紀はそのあとを追った。だが、気が付けば他に人はいない。

二人きりで外出？

（まさか）

一国の王子がそんなわけがない。

しかし、バスィールは気にしていない様子だ。よどみのない足取りで馬屋に向かうと、厩舎《きゅうしゃ》の前に繋《つな》がれ、鞍《くら》をつけられている一頭の馬にひらりと跨《また》る。そしてスイと真紀に手を差し出してきた。

「え……」

「手を。お前もこれに乗るのだ」

「……」

真紀は躊躇《ためら》ったものの、ここで断るわけにはいかない。おずおずとバスィールの手を取ると、馬丁が用意してくれた踏み台を使い、なんとか馬に跨る。

背中越しに、バスィールの体温が伝わる。一瞬だけ動揺したものの、なるべく気にしないように、と胸の中で繰り返していると、やがて、馬はゆっくり進み始めた。

城門を出ると、そのまま街へと向かう。城へ来たときは車窓から眺めていた景色。それを今、馬上から見ることになるとは思わなかった。

（そういえば、初めてだ……）

この国に来て以来、城の外へ出たのは初めてだ。いろんなことがありすぎて、外出したいと思う間もなかった。強い日差しの下、真紀は徐々に街に近づいていく馬に揺られながら、今日までのことを思った。

侯爵からの突然の話。この国に来たこと。そしてバスィール……。

また一月《ひとつき》ほどしか経っていないのに、イギリスでの生活が随分昔のことのように思える……。

（侯爵さまはお元気でいらっしゃるだろうか……）

真紀がついつい侯爵を想い、小さく息をついたときだった。

「ここは、我が国で一番大きな辻だ。西へずっと行けば港へ、東へ行けば市場へ着く。そのさらに向こうには、誘致した外国企業が名を連ねるビルがいくつも建っている。城からも見えただろう。あのビル群だ」

言われて、真紀はバスィールが指す方向を見る。そこには、確かにこの砂漠の国には似つかわしくない、近代的なビルがいくつもあった。陽の光を受けて、ガラス窓がキラキラ輝いている。

そういえば、この国はこの数年でめざましい発展を遂げている国だった。

バスィールの声が続く。

「さらにその向こうには、我が国最大の商業施設もある。ホテルもだ。それからこちらの方向には、神殿の遺跡が、こっちには王宮の遺跡がある。いずれ機会があれば連れて行こう」

巧みに馬を操りながら、バスィールは街のそこここについて説明してくれる。この街の――この国の発展。それは、バスィールの成果なのだろうか。

生き生きとした街の人たちの表情を眺めながら、真紀が思ったとき。

「ところで、お前は何をこそこそと探っているのだ」

不意にバスィールが尋ねてくる。

驚き、思わず身を固くした真紀の背後から、くすりと笑う声が聞こえる。そろそろと振り返ると、バスィールは口の端を上げて真紀を見つめてきた。

その目は、真紀が何を知ろうとしていたかすでに知っている目だ。仕方なく、「殿下のことをもう少し知りたかったのです」と素直に答えると、バスィールはさらに笑った。

「なるほど。だがわたしの過去を知ったところで、お前の処遇が変わるわけでもあるまい。それとも、馬鹿のように侯爵を信じるお前の愚鈍さで、わたしを諭すつもりか？」

「……」

「嗅《か》ぎ回ったなら、話の欠片《かけら》程度は耳にしただろう。そう――わたしは過去にとても苦い思いをした。そして身をもって知ったのだ。人は裏切るものだ。お前がどう思おうが、お前の主人がお前を裏切ったようにな。わかったら、お前も素直に主人への恨み言の一つでも吐いたらどうだ。裏切られたにもかかわらず忠誠を誓う必要がどこにある」

「わたしは侯爵さまに命を助けて頂きました。それが全てです」

「命の恩人だから、裏切られても構わないというわけか。売られてもそれに従う、と？」

「身に余る慈悲を、侯爵さまからはすでに頂いたのです。ですから今のわたしはそのご恩をお返ししている最中《さなか》。日々、侯爵さまの慈悲に感謝することはあっても恨むことはありません」

「……綺麗事《きれいごと》を!!」

真紀の言葉に苛立《いらだ》ったのか、バスィールは大きな声を上げる。しかし、すぐにはっと気付いたように息を呑《の》むと、気まずそうに黙った。

そしてふっと息をつくと、「まあいい」と小さく呟《つぶや》いた。

「今日はそんなつもりで連れ出したのではない。お前に、少しぐらいはこの国のことを見せておこうと思った」

「わたしに……？」

「ああ。……なんだ、不満か」

「い、いいえ。ただその…まさかわたしにそこまでして下さるとは思っていなくて……」

てっきり、ずっと城の中に閉じこめられているのだろうと思っていたのだ。

するとバスィールは、ふんと鼻を鳴らした。

「お前に『役立たずの王子』だと誤解されては癪《しゃく》だからな」

「そんな、わたしは——」

「今さら取り繕うな。強引で傲慢《ごうまん》で卑怯《ひきょう》な男だと思っているのだろう？　あのじじいに比べてなんと下衆《げす》な男だと。構わぬ。それもわたしの一面だ。だがそれだけだと思われるのは少々不満だ」

「……」

「それも、お前に全ての判断材料を見せぬままではな。わたしをどう思うかはお前の勝手だが、見せておくべきものだけは見せておく。わたしが下衆なら、わたしが愛するこの国のものまでお前にとってくだらなく思われかねないが、決してそうではないというところをな」

再び馬を進めると、バスィールは街の案内を再開する。

安全な街中だけを巡っているのだろうが、どこを見ても綺麗だ。整然としている綺麗さではなく、雑多なのに調和が取れていて、街自体が活力に溢《あふ》れている。イギリスとはまるで違うが、この国にも風情があり、見るもの全てが感動的だ。

そしてどこへ行っても、バスィールは人気がある。すぐに人に取り囲まれるのだ。普段から街に出てきているのだろうか。親しまれていて、かといって尊敬されていないわけではなくて、皆、まさに「憧《あこが》れの王子」を見るキラキラとした瞳《ひとみ》でバスィールを見つめている。

大人も子どもも、男も女も、皆だ。

「ほら――これを食べてみろ」

そうしていると、バスィールが街の人から受け取った色鮮やかな果物を差し出してくる。

熟したそれを口にすれば、瞬く間に爽《さわ》やかな甘みが広がる。瑞々《みずみず》しく、身体《からだ》の隅々まで綺麗になるかのような味わいだ。

「美味《おい》しいです……」

しみじみと真紀が言うと、バスィールは満足そうに笑った。

「我が国の特産物だ。以前は作るのが難しく、国内で消費する程度の量しか生産できなったが、今は肥料や水の改良で輸出できるようにまでなった。外貨獲得の手段の一つだ」

「殿下のお考えが実を結んだのですね」

「量産化の提案はした。確かにな。そして研究者を招聘《しょうへい》した。だがそれを柔軟に受け入れたのは、生産者たちの英断だ」

自分の手柄など気にしていない口調で言うバスィールに、密《ひそ》かに感動していた。

それが王子であるが故《ゆえ》の余裕からの言葉だとしても、なかなかこうも自然に言えるものではないだろう。それに、普段から国の内外に注意を払っているということだ。

やはり彼は、皆が言っていたように――真紀が思っていたよりもずっとずっと「いい王子」のようだ。少なくとも、この国や国民に対しては。

なのにどうして、侯爵のことはあんなに悪《あ》し様に言うのだろう。そしてこんな強引な形で自分を側《そば》に置こうとするのだろう？

しかし、そうして考えながら導かれるままに街を楽しんでいると、暑さのためか不意に目眩《めまい》を覚える。慌てて目元を押さえたが、バスィールに気付かれてしまった。

「真紀。どうした。具合でも悪いのか」

「い、いえ。なんでもありません」

「顔を良く見せろ」

慌てて顔を逸《そ》らそうとしたが、二人は同じ馬の上だ。逃げられるわけもなく、バスィールに頤《おとがい》を摑《つか》まれる。バスィールは間近から見つめてくると、クッと眉《まゆ》を寄せた。

「顔色が悪いな。少しだけ待て。すぐに横になれるところへ行く」

「で、殿下!?」

「誤解するなよ。わたしは病人をどうこうする趣味はない」

「わ、わたしは病気では――」

「その寸前だ」

バスィールは短く言うと、まるで真紀の身体を安定させようとするかのように、それまでよりきつく腰を抱き締めてくる。身体が密着する。街中での接近に真紀はじわりと耳が熱くなるのを感じたけれど、そうしてしっかりと抱かれていると、身体がぐらつかずにほっとするのも事実だ。

「水を飲め。もっとだ」

そう促され、真紀はバスィールにぐったりと身体を預けたまま、一口二口と水を飲む。

だが真紀が覚えているのはそこまでだった。

◆

「ん……」

自分の声で、目を覚ます。気が付けば、横になっていた。部屋は見たことのないところだ。見たことのない天井。

身を起こしかけると、チョーカーが喉《のど》に触れる。次の瞬間、

「まだ横になっていろ」

傍らからバスィールの声がした。

「ここは……」

「街の宿の一つだ。広くはないが、ここが一番風通しがいい」

言われて、横になったまま周囲に目を向ける。確かに簡素な宿だ。けれど清潔で、侯爵家で暮らしていたときの部屋を思わせる。

けれどどうして自分がここに？

戸惑《とまど》っていると、

「覚えていないのだな」

　バスィールが苦笑した。

「ここに着く前に気を失ったのだ。大丈夫か。無理をさせたようだな」

「い、いいえ。大丈夫です」

　気づかうようなバスィールの言葉に、真紀は首を振る。

　そのまま改めて起きると、不安そうなバスィールに向けて言った。

「わたしの方こそ、ご心配をおかけしてすみませんでした。わたしは大丈夫ですから、もう帰りましょう」

　しかしバスィールは首を振る。

「無理をするな。今日はここに泊まる予定だ」

「でも……」

「心配するな。病人相手に無体な真似《まね》をする気はないと言っただろう」

　バスィールはそう言うと、「そんなつもりでは」と慌てて言い添えた真紀にふっと小さく笑う。

　二人の間の空気が、いつになく柔らかく、親密に感じられたそのとき、バスィールが不意にじっと真紀を見つめてきた。瞳は、今まで見たことのない、迷いのような不安のような翳《かげ》りを宿している。

その眼差《まなざ》しに戸惑い、真紀が目を離せずにいると、ややあって、バスィールは静かに口を開いた。

「……どうすれば、お前のように人を信じられるのだ」

声も、双眸《そうぼう》同様、昏《くら》さを湛《たた》えている。息を呑んだ真紀に、彼は苦しげに眉を寄せて続けた。

「わたしももう一度、人を信じたい。だが、それができないのだ」

「……」

絞り出された声は、真紀の胸を軋《きし》ませる。バスィールの手が、そっと真紀の頬《ほお》を撫《な》でた。

「お前にそれほど信じられている侯爵が羨《うらや》ましい。妬《ねた》ましいほどだ。そしてそれほどまでに侯爵を信じられるお前が羨ましい」

驚きに動くこともできない真紀の頬を、バスィールは二度、三度と撫でる。

やがて、触れてきたときと同じようにふっと手を離すと、「らしくないことを言ったな」と苦笑した。

「この部屋の雰囲気のせいだろう。王宮を離れて街に出て、普通の宿に泊まったせいだ」

そしてぽつりと呟くと、ふっと息をつく。その横顔は傲慢な王子のそれではなく、一人の男の、寂しげな、悲しげなそれだ。

見つめていると、今までにない切ないような気持ちがこみ上げてくる。いったい彼に何があったのだろう？

尋ねたいけれど、そんな顔を見せられると尋ねられない。

その夜は、バスィールの表情がずっと頭から離れなかった。

◆

「殿下！　いったいどちらにいらっしゃったのですか！」

一夜明け、王宮へ戻ると、そこは大騒ぎになっていた。他でもない、バスィールが戻らなかったせいだ。

「外泊の連絡はなさらなかったのですか？」

そっと真紀が尋ねると、バスィールは「忘れていた」と肩を竦《すく》める。

人を食ったようなその様子は、もういつもの彼だ。昨夜《ゆうべ》のあの告白は幻だったのではと思えるほどの変わりように、真紀は驚くしかない。

いや、本当に夢だったのではないだろうか。あの彼が——侯爵を脅し、自分を強引にいいようにした彼が、あんな弱い一面を覗《のぞ》かせるなんて。具合が悪かったせいで、夢でも見たんじゃないだろうか。

今朝だって、彼は真紀よりずっと早く起きて、もう帰る用意をしていた。眠らなかったのかもしれない。簡素で小さな部屋には、ベッドは一つしかなかった。けれど彼は、疲れなど微塵《みじん》も感じさせない王子然とした様相で、真紀が朝食を食べて帰る用意をするのを待ってくれていた。

（この人はいったい……）

どんな人なのだろう？

馬を曳《ひ》き、バスィールの後に続きながら、真紀はぼんやりと考える。

そのときだった。

「お前が殿下のお伴をしていた者か？　いったい何をしていたのだ」

突然、真紀の前に一人の男が立ち塞《ふさ》がった。

見慣れない顔だが、一見して伝わってくる厳《いか》めしい風貌《ふうぼう》といい、着ているものといい、身分の高い人だ。バスィールの近臣だろうか。怒りの表情で真紀を見下ろしてくる。

「殿下が街にお出かけになるのはいつものこととはいえ、今までこのような事態は起こらなかったのだ。だから我々も殿下のご自由なご視察を黙認していた。なのにお前はいったい何をしていたのだ。もし殿下の身に何かあれば――」

「――グラバズ」

と、そこに、バスィールの声が割って入った。

「わたしが街の宿に泊まってみたいと言ったのだ。彼は悪くない。城に使いの者を送ると言って、忘れていたのもわたしだ」

「殿下……」

「とにかく、その者に非はない。それ以上言うことはならぬ。説教はわたしにするといい。聞く覚悟はできている」

「……畏《かしこ》まりました」

するとグラバズはふうっと長く溜息《ためいき》をつき、「行っていい」と真紀を下がらせる仕草をする。

真紀は慌てて頭を下げると、馬を連れて厩舎へ戻った。馬が帰ってきてほっとした顔を見せる馬丁に手綱を渡すと、真紀は着替えるべく自分の部屋へ向かった。

この城から出かけて、まだ丸一日経っていない。なのにどうしてか、目に映る風景は変わっている気がする。バスィールのあんな言葉を聞いたせいだ。あんな顔を見たせいだ。

今までは大きく壮麗で堅固な城だと思っていたここ。けれど今は、バスィールを閉じこめている檻《おり》のようにも思える。この壮麗な城の中で、実は彼はあんな苦しみを抱えていたなんて。

「――花村さん。戻ったんですね」

すると部屋へ戻る途中、ヴェンターが姿を見せた。

怒っているわけではないようだが、何か一言言いたそうな顔だ。真紀はそれを察し、頭を下げた。

「申し訳ありません。連絡もせずに外泊を……」

「あなたにしては迂闊《うかつ》でしたね。あとで皆にも謝っておいた方がいいでしょう。殿下が戻っていないとわかってからは、皆、あれこれ尋ねられて大変でした」

「はい……」

「では仕事にかかって下さい。朝食はすんでいますね」

「はい。着替えて、仕事に取りかかります」

「そうして下さい。殿下がお戻りにならなかったために、今日、明日、明後日《あさって》ぐらいまでは大きく予定が変更になっているようです。随時指示がでますので、適切な対応をして下さい」

「はい」

真紀は深く頷くと、足早に自分の部屋へ戻り、着替えて気分を切り替える。そして改めて部屋を出ると、顔を合わせた人たち全員に丁寧に謝り、仕事に取りかかった。

ヴェンターが言ったとおり、昨日《きのう》一日バスィールが城を空けていたために、さまざまな予定が変更になり、どこも慌ただしくなっているようだ。いつもの仕事に加え来客が多く、忙《せわ》しないことこの上ない。

なんとかゆっくりとできた夕食時、真紀が昨日のことを改めて謝り、いなかった間の状況を皆に聞けば、やはりバスィールがいないことで大騒ぎだったらしい。

「どこに行ったのか、誰《だれ》か話を聞いていないか、って、偉い人たちがわたしたちにまであれこれ訊《き》きに来て…もう大変だったんだから」

思い出してぼやくように言うノカに、真紀はもう一度「ごめん」と謝る。自分が具合を悪くしなければ、きりのいいところでバスィールも引き上げるつもりだったに違いないのに。

するとノカは「まあ仕方ないけどね」と笑った。

「殿下も楽しかったんじゃないの。あんな凄《すご》いご身分の方のことなんて、わたしたちには想像もできないけど、わたしなら、街に出ると楽しくて帰りたくなくなっちゃうもの。それも、気の合う友人とならなおさらだわ」

「でも、みんなに迷惑かけて……」

「その分は今日取り返してくれたじゃない。——あ、そういう噂《うわさ》だけど。昨日の分を取り返すぐらい、凄く働いたらしいじゃない。前にマキに絡んだ男、覚えてる？　ドルファっていうんだけど、彼が愚痴ってたもの。『あんなに手際よく仕事されたらこっちがさぼってるように見えて困る』って」

そう言ってまた笑うノカに、真紀は苦笑した。そうは言っても、自分のせいでいろいろな人の予定が変わってしまったのは事実だ。何より、バスィールの予定が変わってしまった。

裏方である自分たちがあんなに忙しかったのだから、バスィールはきっとそれ以上に慌ただしい日を送っただろう。

昨日は眠っていないかもしれないのに。

(僕のせいで……)

なのにバスィールは、自分を庇《かば》ってくれて……。

城に帰ってきたときのことを思い出し、バスィールのことを考えるたび、胸の奥が落ち着かなかった。

◆

「失礼します」

ノックをして、部屋の中から返事が聞こえたことを確認して、ドアを開ける。

だが目が合った途端、バスィールは驚いた顔を見せた。

仕事をしていた手も止まっている。真紀は恐縮しつつ、食べ物やお茶の乗ったワゴンを押しながらそろそろと部屋の中に進んだ。バスィールがますます不可解そうな表情を見せた。

「……どうした。どういうことだ」

「殿下がご夕食も召し上がっていないと伺ったので……簡単に食べられるものをお持ちしました」

「……」

「小さめのサンドイッチと、こちらは米を炊《た》いて作った『おにぎり』です。それからこちらはスコーンを。お疲れでしょうから甘いものの方がいいのではと思い、作って参りました」

「作って⁉　お前がか」

「はい。久しぶりなのであまり自信はないのですが」

「久しぶり……。つまりあのじじいに作っていたもの、か」

「……」

ふん、と嘲《あざけ》るように言うバスィールに、全身が緊張する。

が、バスィールは仕事をしていた執務用の机から離れると、ソファへ移ってくる。

食べてくれる…ということだろうか。

真紀がワゴンの上からテーブルへ、そろそろとポットや皿を移していると、

「全部お前が作ったのか」

そんな真紀の様子を見ながら、バスィールが興味深そうに言う。

真紀は頷いた。

「はい。台所をお借りして……。でもサンドイッチの具は、今日の殿下のためのお料理を使いました」

「なるほど。無駄にせずにすんだというわけか」

そしてバスィールは、一つの皿をまじまじと見る。そこに乗っているのはおにぎりだ。

「これが『おにぎり』か？」

「はい。米を炊いて塩をつけて握るんです。中に具を入れたり外に海苔《のり》を巻くこともあるんですが、今日は塩だけで」

「『スシ』に似ているな」

「そうですね。何も乗っていない寿司のようなものです」

真紀が説明すると、バスィールはなるほど、と言いながらまずそのおにぎりに手を伸ばした。一口食べ、小さく頷く。

「悪くない。塩味だけなのに美味《うま》いな」

「お口に合うようであれば、またの機会にいろいろなおにぎりを作ります」

緑茶を淹《い》れながら、真紀は言う。食べるものに合わせて、緑茶と紅茶、そしてコーヒーを用意している。

バスィールは続けてサンドイッチに手を伸ばすと、黙ったままそれを食べる。反応がないことが少し心配だったが、彼は全て食べた。空腹だったのだろう。

次いで彼はいくつかフルーツを摘《つま》むと、スコーンに手を伸ばす。

一つ取って、それをまじまじと見つめた。

「これもお前が？」

「はい」

「イギリスでも同じものを？」

「はい……」

「コックの真似事までしていたのか。そこまであのじじいに尽くしていたとは」

「少しでも…お役に立ちたいと思っていましたので」

小さな声で、真紀が応《こた》えるとバスィールはそんな真紀をじっと見つめ、手にしているスコーンを見つめ、そしてまた真紀を見る。

再びスコーンを見ると、ふっと息をつき、それを二つに割る。添えていたクロテッドクリームとジャムをつけると、無言で口に運んだ。

そのまま残りを、そしてもう一つを食べる。

やがて、全て食べ終え、紅茶を飲むと、「ふん」と面白くなさそうに鼻を鳴らした。

真紀を見ると、もう一度、小さく鼻を鳴らす。手にしているカップに口を付けると、口元だけで笑った。

「お前は優しいな。いや――お人好しなのか？　金で買った男にわざわざこんなことまでするとは」

「何度も申し上げますが、買われたとは思っていません」

「いや――買った」

「殿下……」

「わたしはお前を買い、お前は買われたのだ。だからわたしの機嫌を取るためにこうして尽くすのだろう？　本当は、一秒でも早く侯爵のもとに戻りたいと思っていても……！」

「殿下!?」

思いがけないバスィールの言葉に、真紀は戸惑いが隠せない。そんな真紀に、バスィールは小さく笑った。カップをソーサーに戻しテーブルに置くと、優雅に脚を組み、独り言のように言う。

「お前は優秀な従者だな。そして酷《ひど》い従者だ。あの夜会の折、侯爵に仕えるお前を見たときから、わたしはお前を求めていた。あんなふうに一途《いちず》な瞳で見つめられれば、どれほど幸せだろうと思ったのだ。お前を手に入れれば、わたしはまた人を信じられるようになるかもしれないと思った。お前のことなら信じられるかもしれない――と。だがお前は、どうやってもわたしのものにならぬ」

バスィールは自嘲《じちょう》するように笑う。そして大きく頭を振って続けた。

「いや――それでいいのだ。それだからこそわたしはお前を求めた。すぐに心変わりするような従者ならいらぬ。お前のように忠実でまっすぐな者だからこそ惹《ひ》かれたのだ。だが、それは辛《つら》いことだな」

そしてバスィールは、そっと真紀の手を握り締める。

優しく——だが強く握られ、動けなくなる。

「わたしを愛す気にはならぬか」

真紀を見上げながら、バスィールは静かに尋ねてくる。

想像もしていなかった言葉と、真摯《しんし》な瞳に声が出ない。

すると、黙っている真紀の答えをNOと受け取ったのか、バスィールは寂しげに笑う。

手が、ふっと離れた。

「行け。もう寝ていい」

そして部屋から追い出すように言うと、バスィールはソファから立ち上がり、真紀を見ることもなく仕事に戻る。

真紀はぎくしゃくと自分の部屋へ戻ったけれど、その頭の中ではバスィールの言葉が回り続けていた。

◆
◆
◆

それから一週間。

表面上は何ごともなく過ぎたけれど、真紀の胸の中では未《いま》だにバスィールのあの言葉が燻《くすぶ》り続けていた。

『わたしを愛す気にはならぬか』

まさか。

まさか彼があんなことを言うなんて思っていなかった。

王子の彼が自分なんかに。

ふとした気の迷いだったと思いたい。彼はきっと寂しいのだろう。強引で傲慢で他人のことなどなんとも思っていない男だと思っていたが、彼があんなふうになってしまったのには理由があるようだ。

だからといって侯爵を脅すような真似をしたことは今でも許せないと思っているし憤っ

ているけれど、あんな様子を見せられると、そんな気持ちも薄らぎ始めてしまう。

決してほだされたわけではないと思うけれど……。

ヴェンターに言われ、蔵書の整理をしながら、真紀が微かに眉を寄せたときだった。

ノックの音がしたかと思うと、

「マキ」

ノカが姿を見せた。

「ノカ。どうしたの？」

メイドの彼女がどうしてこんなところにまで、と思っていると、ノカは「探したわ」と
ほっとしたように言った。

「殿下がお呼びよ。でも行く前に厨房《ちゅうぼう》に寄ってね」

「……どういうこと？」

「お茶を持ってきてほしいそうよ。あなたが淹れたものがいいんですって」

気に入られているのね、と笑うノカに、真紀は頬が熱くなる思いだ。バスィールはいっ
たいどういうつもりでそんなことを言うのか。真紀を困らせたくて？　それともこの間の
お茶を気に入ってくれたのだろうか。

「わかった。行くよ。それできみが探しに来てくれたんだね」

「ええ。でもあなたがどこにいるのかわからなくて困ったわ。ヴェンターさんに尋ねようにも、あの人はあの人で忙しそうだし」

肩を竦めるノカに苦笑すると、真紀は蔵書整理の手を止め、彼女とともに厨房へ向かう。

「お茶は何をご所望なのかな」

「あなたにお任せみたいよ」

厨房へ辿り着くと、真紀は手早くお茶を選び、ポットとカップを準備する。そしてすでに用意されていた焼き菓子の乗った皿とともにワゴンに乗せて、バスィールの執務室へ向かう。

ノックして入ると、先日同様、バスィールは机に向かって仕事をしていた。

「殿下、お飲み物をお持ち致しました」

「――遅かったな」

「申し訳ございません」

「わたしのところには来たくなかったか」

「いえ」

「ではメイドのような真似はしたくなかったか？」

「いいえ」

真紀は首を振った。

従者やメイドによっては、「自分の仕事」以外の仕事をすることを厭《いと》う者もいるが、真紀は違う。すると書類に目を落としていたバスィールが、ちらりと目だけを上げて真紀を見た。

そしてゆっくり顔を上げると、どこか揶揄《やゆ》するような表情で小さく嗤《わら》う。けれどその貌《かお》は真紀を嗤っているというよりは、むしろ自分自身を嗤っているかのようだ。

「お茶を……お淹れしていいですか」

なんとなくそんな顔を見たくなくて、真紀は視線を逸らしながら尋ねる。

頷いた気配を確認すると、手順通り丁寧に紅茶を淹れる。

優しい香りが部屋に広がり始めると、腰を上げたバスィールがソファに移ってきた。ワゴンを一瞥《いちべつ》し、微かに眉を寄せる。

「これはお前が作ったものではないな」

「は、はい」

「以前に食べたことがある」

「厨房の者が用意したものですので、殿下のお好みのものかと思いますが……もし今のご気分に添わないものであれば、取り替えて参ります」

「いや、いい。それでいい」

素っ気なく言うと、バスィールは焼き菓子を一つ摘む。どこかつまらなそうな——もっと言えばがっかりしているような様子だ。真紀は紅茶を淹れたカップをバスィールの前に置くと、そろそろと尋ねた。

「もしかして…わたしがお作りした方がよかったですか」

「……」

「急なことでしたので、用意もなくて……。少しお待ち頂けるのであれば今からでも——」

「必要ない」

だが次の瞬間、聞こえた言葉に真紀は真っ赤になる。

「畏まりました」

恥ずかしさに耳まで赤くなりながら、真紀はなんとか声を押し出した。

自惚《うぬぼ》れすぎだ。「調子に乗るな」と窘《たしな》められた気がする。一度食べてもらったからといって、次もまた食べてもらえるとは限らないのに。

すると数秒後、優雅にお茶を飲んでいたバスィールは、「違うぞ」とどこか慌てたように言う。

真紀が目を向けると、バスィールは「そういう意味じゃない」と首を振った。

目を瞬《しばた》かせる真紀に、バスィールはまた首を振る。

「……殿下？」

真紀が尋ねると、バスィールはふうっと息をついて言った。

「お前の作ったものが不要だというわけではない。ただ今は、わざわざ作りに戻る必要はないと、そう言いたかったのだ」

ここにいろ――。

バスィールはそう言うと、また一つ菓子を摘む。

指先まで優雅で整っている。恵まれた容姿、そしてこの国を未来へと推し進める力と頭脳――。こんなふうに出会わなければ、元々彼に仕える身であったなら、きっともっと違う心の距離感で、違う感情で仕えられたに違いないのに。

真紀がそう思ったときだった。

部屋のドアが、忙しなくノックされる。

真紀がはっと息を呑んだそのとき、壮年の男が一人、焦った様子で入ってきた。

重臣の一人だろう。真紀は慌てて壁際に控える。どうしたのだろうと思っていると、男はバスィールに近付き、耳打ちする。

その途端、バスィールの表情が変わった。

怒りのような――驚愕《きょうがく》のような、強張《こわば》っているのに激しい表情だ。思わず息を呑む真紀の視線の先で、バスィールの面持ちはさらに険しくなる。

やがて、

「連れてこい……」

彼は低く唸《うな》るように一言言うと、きつく拳《こぶし》を握り締める。

男は「畏まりました」と、来たとき同様急ぎ足で戻っていく。

真紀はそっとワゴンの側に近付くと、それを押して部屋を出ようとした。何があったのかはわからない。けれど、一介の従者である自分がここにいるのはまずい気がしたのだ。

そんな気配がある。張りつめていて、息苦しくなるほどの気配。

しかし直後、

「どこへ行く」

バスィールが咎《とが》めるような声で言う。

真紀は戸惑いつつも、戻る旨を伝えた。

「その…どなたかいらっしゃるとのことでしたので……」

そう付け足すと、再び部屋を出ようとする。だが、

「待て」

　バスィールが再び引き留めた。

「出ていく必要はない。すぐに終わる」

「ですが」

　真紀がさらに言おうとしたときだった。

　ノックの音がしたかと思うと、さっきの男が入ってくる。その後ろからもう一人、若い男が入ってきた。歳《とし》は真紀よりも上だろう。バスィールと同じぐらいかもしれない。背丈も同じぐらいだ。だがバスィールよりも痩《や》せている。髪の色は茶色で、瞳はヘイゼル。スーツ姿で日に焼けていないから、この国の人ではないのだろう。けれど旅行者という雰囲気でもない。

　いったいどういう人なのだろうかと思っていると、

「なんの用だ」

　部屋に、バスィールの声が響いた。

　大きくはない。けれど途方もなく冷たい声だ。尋ねているのに突き放すような、話しかけていても答えを聞く気はないような、事務的というよりも義務的な、なんの感情も感じられない声。

ぎょっとして真紀はバスィールを見る。その表情も、見たことがないほど険しい。若い男も、そんなバスィールの様子におののいているのだろう。すぐに声が出せないようだ。

それどころか震えている。まるで、恐怖を目の当たりにしているかのように。

（もしかして……）

真紀の脳裏を、バスィールの声が過ぎる。

『わたしは過去にとても苦い思いをした。そして身をもって知ったのだ。人は裏切るものだ』

もしかして――。

彼がバスィールを裏切ったという男ではないのだろうか。

（だとしたら）

やはりこの場にいるべきではない気がする。

しかし今さら出ていくこともできず、せめて見ないようにと静かに視線を落とす。するとややあって、

「謝らなければと……ずっと思っていた……」

小さな――ほとんど消えそうな声がした。男の声だ。

「ずっとずっと……でも怖くて……」

「ならば無理をすることはない。今すぐに帰るがいい。謝罪も不要だ。許す気はない」

「バスィ――」

「わたしの名を呼ぶな!!」

途端、激昂《げっこう》したバスィールの声が部屋を裂いた。鋭く、恐ろしく、そして悲しい声だ。

思わず顔を跳ね上げた真紀の視線の先で、バスィールが立ち上がっていた。彼は男を睨《にら》み付けると、まっすぐにドアを指した。

「出て行け。すぐにだ。この城から、この国から出て行け！」

「許してもらおうとは思っていない。だが謝らせてくれ。あれからずっと後悔していた。裏切ってはいけない信頼を裏切ったあのときからずっと――」

「それはお前の勝手だ。お前の後悔を癒《いや》すためにわたしの時間を割かねばならない理由はない。不愉快だ。出て行けと言ったら出ていけ」

「バスィール――」

「会ってもいいと思ったのは、お前を許すことはないと伝えるためだ。そしてそれはすでに終わった。お前に用はない。立ち去れ」

バスィールはもう目も合わせず背を向けてしまう。

男はその背中をしばらく見つめ、やがてがっくりと肩を落とすと、とぼとぼと部屋を出て行く。

ドアが閉まると、バスィールは小さく息をつき、仕事に戻るのか再び執務机につく。

「もう一杯茶を淹れろ。それが終わればお前も出て行け」

真紀に向けて言うと、ペンを取って仕事を始めようとする。だがすぐにそれを置くと、ふーっと長い息をついた。その表情は苦渋に満ちている。

あんなに冷たい言葉を吐き、追い払うようにして男を帰したのに、彼の方が傷ついているように見える。

「……殿下」

堪《たま》らず、真紀はバスィールに近付いていた。

「殿下。お気持ちはわかります。ですが彼を許すべきです」

そして祈るようにしてそう告げる。

するとバスィールは、はっ、と乾いた笑い声を上げた。

「お前に何がわかる」

「殿下が苦しんでいらっしゃることはわかります」

まっすぐに彼を見てそう伝えると、バスィールは息を呑む。

瞳が微かに揺れる。

直後、彼は小さく苦笑した。

「無理だ。わたしはお前のようなお人好しにはなれぬ」

「彼を許すことができれば、きっと他の人も信じられるようになります。もう一度誰かを信じたいと思うなら、まず彼を許すべきです」

「わたしにもできないことはある」

そう言うと、バスィールはもうすべてを振り切ったかのようにして仕事を再開する。

真紀はしばらくそんな彼を見つめたものの、もう話す気はないのだと察すると、仕方なくお茶を淹れる作業に戻る。

丁寧に淹れたそれをそっと机の上に置くと、バスィールは「下がれ」と顔も上げないまま短く言う。

真紀はそんなバスィールを見つめると、ぽつりと、囁《ささや》くように呟いた。

「ですが殿下は、彼とお会いになりました……」

「……！」

バスィールの手が止まる。

ゆっくりと顔が上がる。

その瞳は鋭いようでいて、どこか脆《もろ》くも感じさせるそれだ。真紀は今度こそ最後だという思いでじっと見つめ返すと、

「彼と、お会いになりました」

ゆっくりと繰り返す。

バスィールの瞳が、険しさを増した。

「だからどうした。先刻言ったはずだ。あれと会ったのは――ザバヤと会ったのは『許す気はない』と伝えるためだと」

「お会いにならない方法もございました。会うことなく追い返すこともできたはずです。ですが殿下はお会いになりました。それは会うことに何か意味があると――そうお思いになったからではありませんか」

「考えすぎだ」

「殿下――」

「出すぎた口をきくな！　お前には関係のないことだろう⁉」

堪らなくなったように、バスィールが声を上げる。だが直後、彼ははっと息を呑むと、気まずそうに顔を歪《ゆが》めた。気付けば、彼はきつく拳を握り締めている。

数秒後、バスィールはふうっと息をついてその拳を解くと、

「出て行け」

これ以上なく素っ気ない声で、真紀に言った。

「下がれ」

次いでさらに冷たくそう言われ、真紀は仕方なく「畏まりました」と頭を下げる。

なんとかしたいとそう思った。今でも思っている。

嫌いだと思っていたバスィール。けれど酷く傷ついた様子の彼を見ていると、胸の奥が軋むように痛むのだ。

詳しい事情を知らない自分が口を挟むことではないとわかっていても。

(僕がお人好しすぎるのかな……)

胸の中で、ふうと溜息をつくと、真紀はそのままワゴンを押して部屋から出る。最後にもう一度バスィールを見たけれど、彼は下を向いて仕事をしたままだった。

◆

「なるほど。それでそんなに浮かない顔をしとるんか」

真紀の話を聞き終えると、ロウはふうむ、と唸りながら呟いた。

その週の休日。真紀は朝から庭へ向かうと、ロウを手伝い庭木の植え替えに着手した。

この城に来てから最初に仲良くなったロウとは、今でも頻繁に話をする仲だ。今日のこの手伝いも、数日前話したときに「植え替えが大変だ」と零《こぼ》していたのを聞いたため、それなら、と思ったのだ。

それに真紀自身も、手を動かし身体を動かすことで余計なことを考えないようにしたかった。普段は仕事の忙しさで誤魔化《ごまか》せているが、休みの日はそうはいかない。何をしていてもバスィールと彼を訪ねてきた友人のことが——ザバヤと呼ばれていた男のことが気になってしまうのだ。

噂では、ザバヤはしばらくこの国にいるらしい。

仕事なのか、なんとしてでもバスィールに謝罪したいと思っているからなのかはわからないけれど、居続けるならまたバスィールと会うこともあるかもしれない。

そんなことをついつい考えてしまうと、落ち着けなくなってしまう。そのため、真紀は手伝いと共に自分の気を紛らわせることができれば、とロウのところへやってきたのだが……。

さすがに年の功というべきか、ロウは顔を見た途端に「何かあったのか」と尋ねてきた。

そこで素直に、真紀はあの日のことを話してみたのだ。自分よりも長く生きている彼の知恵を借りたかったのかもしれない。

　するとロウは丁寧に植え替えの苗の土を落としながら、「お前はどうしたい」と問うてくる。

　真紀はスコップを手にしたまま黙り込む。

　自分はどうしたいのか。改めて、そう尋ねられれば……。

（僕は——）

「殿下に、ザバヤさんを許してあげてほしいです。無関係な僕がこんなことを望むのは、殿下にとって不快なだけだとわかっていますけど……今のままの殿下は、お辛そうで」

「恨んだままというのはなかなかしんどいからな。だが許すのもそう簡単じゃない」

「はい……」

　真紀は頷くと、袋の中から新しい苗を取り出しては、丁寧に並べる。これも欧州からの花だ。取り寄せたのはロウだが、バスィールの好みも反映されているだろう。花が彼の心を癒すように、自分も彼の役に立てればいいのに。

「このまま、黙って見ているしかないんでしょうか……」

　焦《じ》れったさと歯がゆさを覚えながら、真紀は呟く。ロウはしばらく考えるような顔を見せ、「話はできんのか？」と尋ねてきた。

「殿下となんとかもう一度、話はできんのか？　お前が親身になっていることは殿下にも伝わっているだろう」

「うるさいと思われているだけかもしれません」

「それでも腫《は》れ物に触るような扱いをされるよりはましかもしれんぞ。なんとかして、もう一度話をしてみたらどうだ。その結果がどうなるとしても、今より悪いことにはならんだろう」

「……」

確かにそうだ。真紀は頷く。だが果たしてバスィールが話をしてくれるだろうか。

夕方になり、ロウの手伝いを終えて部屋に戻ってからも、真紀の頭の中はバスィールのことでいっぱいになっていた。

◆

しかし、それから数日後。思いがけないことが起こった。なんとバスィールの方から「話がある」と持ちかけてきたのだ。

「ザバヤのことだ」

夜。突然部屋にやってきた彼はそう切り出すと、戸惑う真紀を探るように見つめて続けた。

「彼のことを許してもいい」

「——本当ですか!?」

驚きに、真紀は思わず声を上げる。急に考えを変えるなんて。いったい何があったのか。するとバスィールは静かに口の端を上げる。端整な貌が作り出す冷たい笑みに真紀がはっとした次の瞬間、

「お前も協力しろ」

冷笑のまま、バスィールは真紀に向けて言った。

「お前が協力するなら、あの男のことを許してもいい」

「わたしが……?」

「ああ——そうだ」

バスィールは頷くと、ソファに腰を下ろす。困惑する真紀を面白そうに眺め、言葉を継ぐ。

「わたしの仕事の取引相手の一人が、どうやらお前を気に入ったらしい。城に来たときに見かけたようだ。その男と寝てこい」

「！」

「それで取引は成立する。つまり――お前がわたしの忠実な従者として働くなら、それに免じてザバヤのことを許してもいいというわけだ」

半ば嗤うようにしながらバスィールはそう言うと、「どうだ？」というように真紀を見る。

真紀は自分の頬が強張るのがわかった。

いったい何があったのかと思えば、まさかそんな条件を出すなんて。

（殿下はいったい……どういうおつもりで……）

人をもののように扱うバスィールに、真紀は嫌悪感を覚える。

取引のために、そしてザバヤの謝罪を受け入れるために、顔も知らない相手と同衾《どうきん》しろとは。しかもそんな話を笑いながらするなんて。

真紀は唇を噛み締めてバスィールを見つめ返す。

答えを待つ金の瞳。ここに初めて来てその瞳を見たときには、豹《ひょう》を思わせる恐ろしさに思わずたじろいだ。無理やり身体を開かれたときもだ。だがその瞳が愁《うれ》いを帯びる瞬間も、傷ついたように揺れる瞬間も見た。

ならば――今は？

真紀は一層熱を込め、バスィールを見つめ返す。静寂が部屋に満ちる。互いの息の音すら聞こえないほどだ。自分の心音だけが、微かに全身を震わせている。バスィールも目を逸らさない。けれどその瞳が、次第にそれまでとは違う気配を宿す。

その刹那《せつな》。バスィールの手が、真紀の頬に触れた。

冷たい手だ。そして大きい。真紀の首など一掴みで締めてしまえるだろう。

なのにその触れ方はどこかぎこちなく、躊躇いがちだ。

ややあって、それがふと離れる。次の瞬間、

「畏まりました」

真紀はそんなバスィールに向け、短く、そう答えていた。

自分で命じておきながら、バスィールは戸惑った様子で言う。その声が震えていたように聞こえたのは気のせいだろうか。

「……いいのか」

真紀は、「はい」と頷いた。

「それで、殿下のお心が休まるお手伝いができるなら」

自分の身体一つでバスィールの役に立てるなら、答えは決まっている。

人を信じたくても信じられず、ザバヤを許したくても許せないバスィールの役に立てる

のならば。

するとバスィールは、

「明後日だ」

真紀を見つめたまま、簡潔に言った。

何が、かは尋ねなくてもわかる。

「畏まりました」と真紀が頭を下げると、バスィールは数秒そこに留《とど》まったのち、部屋を出て行く。

真紀の頬には、彼の指の感触が残ったままだった。

◆

そして約束の日。

真紀は仕事を終えると、指示されていた通り城の離れへ向かった。

話によれば、ここはごく私的な会合が催されたり、以前は親しい友人が泊まることもあった場所らしい。

足を踏み入れてみれば、建物は大きく左右にわかれている。一方は欧州風、そしてもう一方はこの国ならではの趣のある設え《しつら》のようだ。

真紀は向かって右。ラディマ独特の色合いだと賞賛されるラディマブルーに染められた塗り壁が美しい廊下を進んでいく。見事なグラデーションを描くそこを一歩一歩進むほどに、海の底に潜っていくかのようだ。

砂漠の国なのにひんやりと涼しい気さえする。それだけ美しい青なのだ。透明感があって、それでいて深い青。

そういえば、この間見た空もこんな青だった――。

真紀はバスィールとともに外出した日のことを思い出す。

イギリスとは違う空の色だった。街の香りも、人々の醸し出す雰囲気も何もかも違っていて、けれど決して嫌だとは思わなかったあの日……。

それまでとは違ったバスィールの一面を知った日だ。

真紀は過日を思いながら、静かに、静かに目的の部屋を目指して進む。脚が震える。今にでも逃げたいと思ってしまう。

名前も顔も知らない男と、今から身体を重ねることになるのだ。それも自分のためじゃなく、バスィールのために。彼がザバヤを許すことを条件に。

自分はいったい何をやっているんだろう？

大恩ある侯爵のためならともかく、その侯爵と自分を引き離したバスィールのためにこんなことをするなんて。

考える時間はあった。止めることだってできたはずだ。なのにどうして、今夜ここに来ているのか。

考えても考えてもわからない。ただ思い出すのは、バスィールの辛そうな表情だけだ。

そうしているうち、指定されたドアの前までやってきた。軽くノックをすると、息を詰め、そろそろとドアを開ける。中も青が基調だ。

おずおずと天蓋付きのベッドへ足を進める。

ベッドの周りにカーテンがあるせいで、中が見えない。心臓の音がぐんぐん大きくなっていく。

逃げ出したい。

それでもさらに足を進めると、

「失礼致します」

真紀は小さな声で言い、カーテンをかき分けてベッドに上がろうとする。

その寸前、

「！」

思いがけない人物をそこに認め、瞠目《どうもく》した。

「……殿下……!?」

ベッドの上にいたのは、他ならぬバスィールだったのだ。

「ど……」

どうして、と言いかけて息を呑んだとき。

「まさか本当に来るとはな」

ゆったりとした夜着を纏《まと》い、ベッドの上に身体を伸ばした彼は、面白そうに真紀を見つめて言う。

真紀はそんなバスィールを睨むようにして言った。

「どういうことですか。わたしをお試しになったのですか!?」

思わず声を荒らげて尋ねると、バスィールは「そうだ」と頷く。そしてふん、と鼻を鳴らすと、グイと真紀の手を摑んだ。

「わたしが他の誰かにお前を触れさせるわけがないだろう」

引き寄せられ、間近から見つめられる。まっすぐに見つめてくるその視線の強さに、胸が苦しくなる。摑まれている手もじわりと熱い。引き離そうとしたが、バスィールの手は離れない。

　バスィールは真紀を見つめたまま、はっ、と短く声を上げて嗤った。

「お前は、命じられれば誰とでも寝るというわけか」

「違います」

「そうだろう⁉」

「違います」

　ほとんど怒鳴《どな》るように声を荒らげたバスィールに、真紀は首を振る。

「違います、殿下」

「ではなぜだ」

　次の瞬間、バスィールは上擦った声で言った。

　真紀の手をぎゅっと握ったまま身を起こすと、怒っているような混乱しているような面持ちで詰め寄ってくる。

「ではなぜだ。お前はわたしを嫌っているはずだろう。わたしの言うことなど本当は聞きたくはないはずだろう？　ここにいても――わたしの近くにいてもイギリスに帰りたいと思っていて、あのじじいのもとに帰りたいと思っていて、わたしがどうあろうがどう苦しもうが気にもかけないのがお前だろう。あのじじいのためにここに来て、あのじじいの従者だったことを支えにわたしに仕えている。そうだろう⁉　なのになぜ、やりたくもないことをしようというのだ。わたしに命じられたからではないと言うなら、なぜ——」

「……わかりません……」

ますます激昂するバスィールに、真紀は静かに答えた。バスィールが息を呑む。

真紀は視線を落とすと、小さく首を振った。

「わたしにも、わかりません。どうしてこんなことをしているのか。僕は……僕は、今あなたが言ったとおりです。殿下が仰《おっしゃ》ったとおりです。僕は……」

主人といるときには絶対に使わない一人称で、真紀は譫言《うわごと》のように呟く。

全部全部、彼が言ったとおりだ、バスィールが言ったとおりだ。彼の言葉は正しい。彼を嫌っていたし、イギリスに帰りたいと思っていた、侯爵のもとへ。だからバスィールのことなど気にする必要はないはずだし、自分の務めを果たしさえしていればそれでいいはずだった。侯爵の従者であった過去に恥じない仕事をしてさえいれば。

なのにどうして、自分はそのラインから外れようとしているのだろう。踏み越えようとしているのだろう。しかもそれが、バスィールに命令されたせいじゃないなんて。

「……同情か？　わたしはそんなに哀《あわ》れか」

すると、混乱する真紀の耳に、呟くようなバスィールの声が届く。真紀がはっと彼を見るとバスィールは痛みを堪えるような表情を見せている。

また、真紀の胸が痛くなった。

「お辛そうだと……思います。苦しそうだと……」

そんな胸のまま、素直に思ったことを口にすると、バスィールの顔が一層苦しそうに歪む。しかし直後、彼は今まで彼が真紀に見せていたような皮肉っぽい表情を浮かべると、

「それで、そんなわたしを助けようと？　随分と思い上がったものだな。たかが従者が」

吐き捨てるように言う。

真紀が何も言えずにいると、バスィールはじっと真紀を見つめてくる。やがて、その手で真紀に触れてきた。

彼の右手が、指が、そろそろと真紀の頬をなぞる。

以前と同じだ。けれどあのときよりも一層の戸惑いと切実さが感じられる。

指は何かを確かめるような動きで真紀の頬を滑り、頤に触れる。そして再び頬へ。バスィールは小首を傾《かし》げている。真紀がされるままになっていると、指は唇に触れる。下唇を、次いで上唇を撫でると、今度は手の甲が反対側の頬に触れる。

そしてどのくらい経っただろうか。

ちっ、と小さな舌打ちの音が聞こえたかと思うと、そのまま寝台に引き倒された。

即座に、バスィールがのしかかってくる。

息を呑む真紀を見下ろし、バスィールは頰を歪めた。

「従者の分際で主人に同情するなど身の程知らずなことを。わたしはお前に同情されるほど落ちぶれてはいないつもりだ」

そして言うなり真紀の服に手をかけると、引き裂くように引き剝《は》がす。

「っ――」

そのまま喉元に口付けられ、真紀はびくりと身を震わせた。

まるで嚙み付かれているような、激しいキスだ。薄い皮膚を食い破られ、貪《むさぼ》られているような気さえする。露《あら》わになった胸元を幾度も撫で回され、真紀の身体が恐怖に竦む。

強引に抱かれた夜のことを思い出す。こちらの意志などまるで関係なく、無理やり身体を開かされたあの夜。身体の奥まで深々と穿《うが》たれた凶暴な熱。

だが真紀は、その怖さを抑え込み、抵抗せずぎゅっと目を閉じる。

数秒後、バスィールの手がふっと止まる。

そろそろと目を開けると、彼はきつく唇を嚙んで真紀を見下ろしてくる。

そしてフイと顔を逸らすと、慌ただしくベッドから降りる。そのまま部屋を出て行くバスィールを、真紀は慌てて追いかけた。

「殿下！」

廊下の半ばで追いつくと、真紀はバスィールの前に回り込み、訴えた。

「殿下、わたしに何かご不満が――」

「……」

「殿下……」

「不満などない。お前は、約束を守った」

ぽつりと言うと、バスィールは俯《うつむ》き気味に小さく笑う。掠《かす》れたような空虚な嗤い。

やがて顔を上げると、真紀を見つめて言った。

「ザバヤを許す」

その声は、どこか諦《あきら》めにも似た響きを感じさせる。息を呑む真紀に再びふっと笑うと、直後、きつく抱き締めてきた。

「すまなかった……」

絞り出すようなその声に、胸が軋む。縋《すが》るように抱き締められ、動けなくなる。

真紀を腕の中に閉じこめたまま、バスィールは静かに続ける。

「お前がわたしのものになればいいのに……。わたしなら、何があってもお前を誰かに渡したりはせぬ。何があっても、何を失ってもわたしのもとに留め置く。お前のように心美しく、ただ一心に慕ってくれる者が側にいてくれるなら、それだけでいい。だからわたしはお前が主人だと慕うあの侯爵を許せぬのだ。どれだけ立派な家も土地も歴史も、お前と比べられるわけがない。心から信じられる相手がいるという大切さと比べられるはずもないからだ」

「殿…下……」

バスィールの声は怖いほどに真摯で、胸が揺さぶられる。

腕が離れ、バスィールが離れてしまっても、真紀はしばらくそこから動けなかった。

◆

翌日、バスィールに呼ばれて城にやってきたザバヤは、数時間後、先日見かけたときとは打って変わった、安堵したような表情で帰っていった。二人がどんな話をしたのかまではわからないけれど、きっとバスィールは彼を許したのだろう。

あの誇り高い彼が、一度裏切った相手を許すことがどれほど辛く難しいことだったかは想像に難くない。親しかったならなおさらだろう。

にもかかわらず、彼は許したのだ。

昨夜、真紀に『ザバヤを許す』と、言った通りに。

自分の進言を受け入れてくれた――と思い上がるつもりはない。ないけれど、彼の懐の大きさには胸が熱くなる想いだ。

そして、そんなことがあったためだろうか。バスィールはその日以降、どこか憑《つ》き物が落ちたように穏やかな雰囲気に変わりつつあった。王子らしい威厳を保ちながらも、周囲を威嚇するような張りつめた気配がなくなりつつあると言えばいいのだろうか。

それは真紀だけでなく誰もが感じているようで、城の雰囲気も日を追って明るくなっていくようだった。大勢の人たちが立ち働く城とはいえ、やはりその主《あるじ》であるバスィールが持つ影響力は大きいのだ。

メイドと共に来客用の部屋のチェックをしながら、真紀はほっとする。全てが上手《うま》くいったわけではないだろう。バスィールの中ではまだわだかまっているものもあるかもしれない。けれど少しだけでも彼が抱えていた苦しさは癒せたかもしれない……。

(やっと、役に立てた)

ここへやってきて以来、初めてそう思う。

が、直後。真紀はそう思った自分自身に戸惑った。いつの間にか、そんなにバスィールのことを気にしてしまっているなんて。

半ば無理やりに、いきなりここで働くことを望まれて、その上、強引に身体を奪われて。

それでも彼の側に居続けたのは、侯爵のためだったはずだ。それなのに、今はバスィールのことだけを考えていた。彼のことだけを。

いったいどうして。

いったい自分に何が起こっているのだろう……？

顔を曇らせたときだった。

「でもまさか殿下があの人を許すなんてねえ」

ベッドメイクをしながら、ノカが独り言のように呟いた。

調度品を入れ替えるためのチェックをしていた真紀の手が、つい止まる。

「そうねえ」ともう一人のメイドが言った。

「意外だったわ。でも過去のことだし、もういいと思われたんじゃないの。なんにせよ、そういうわだかまりがなくなると雰囲気が変わっていいわよねえ。そのせいか、殿下もいよいよご結婚について前向きなようだし」

「え……」

思わず声が出る。

慌てて表情を取り繕った真紀に、ノカは苦笑した。

「マキでも知らないことがあるのね。わたしたちメイドの情報網の方が優秀ってことかしら」

そしてメイド二人は顔を見合わせて笑う。

真紀は自分の心臓の音がみるみる大きくなるのを感じていた。

結婚。

直前に聞いた言葉が思い出される。

結婚。

よく考えれば——よく考えなくても当然だ。

バスィールは王子。しかるべき相手と結婚するのは当然なのだ。なのにどうしてその言葉にこれほど動揺するのか。

急だから？

考えていなかったから？

自分自身に困惑する真紀をよそに、二人は話し続ける。

「今まではどれだけ周りからすすめられても、話を聞こうともしなかったらしいの。でも最近は積極的になってるようなのよね。やっぱり過去のことにけりがつけば、次は将来のことを、って感じなのかしら」

「もういいお年だもの」

そしてノカは「本当に何も聞いてないの？」と話を向けてくる。

真紀は黙るしかなかった。聞いていない。けれどそう口に出せなかった。

そんな真紀に、ノカは「そう……」と小さく呟くと、「まあ、まだ何か決まったわけじゃないしね」と続ける。真紀は苦笑した。

気を遣わせてしまうほど、自分は落ち込んだ顔をしていたのだろうか。落ち込む理由なんか、ないはずなのに。

（そうだよ……）

そんなわけはない。

真紀は頭を振った。

自分はただの従僕だ。だったらバスィールのそんな変化を喜ばなければ。

そう。

自分はただの従者なのだから。

改めてその言葉を胸の中で呟くと、どうしてかそこがずきりと疼《うず》く。

苦しさに、思わず眉を寄せたとき。従僕の一人が姿を見せた。

「マキ、殿下がお呼びだ」

「わ、わかりました」

内心動揺しつつ、真紀は仕事の手を止めて部屋をあとにした。

まさかこのタイミングで彼に呼ばれるなんて。

偶然に違いないけれど、戸惑ってしまう。

真紀は深呼吸を繰り返しながらバスィールの部屋へ向かう。

ノックをして部屋に入ると、バスィールは相変わらず仕事中だった。だがすぐに腰を上げると、「そこへ」と真紀にソファに腰を下ろすように促す。

「いえ、わたしは」

真紀は断ろうとしたものの「いいから座れ」と強めに言われ、仕方なく腰を下ろす。

そして気付いた。テーブルの上には、真紀が好きだった菓子がある。この国に来てからは一度も目にしたことはなかったけれど、侯爵のもとにいたときにはよく食べていた菓子が。

不思議に思い、まじまじと見てしまったからだろう。

「食べるといい」

バスィールが言った。

真紀ははっと我に返ると、「いいえ」と首を振る。

「申し訳ございません。そんなつもりでは……。ただ、その…久しぶりに見たので」

「好きな菓子らしいな」

バスィールはぽつりと言う。

言った覚えはないはずなのに、と目を丸くする真紀に愉快そうに笑うと、

「いいから食べるといい」

と、さらに勧めてくる。それでも真紀は手に取らず、代わりに「これはどうしたんですか？」と尋ねた。この国では売っていないもののはずだ。

するとバスィールは「取り寄せた」と簡潔に言い、自ら一つ取る。そして無造作に、そのメレンゲ菓子を口に放り込んだ。

「お前に礼をしなければと思っていたのだ。ザバヤの件、本当に世話になった。これはその礼の一つだ」

バスィールはそう続ける。だが真紀は首を振った。

「わたしは何もしていません。殿下が正しいご判断をなさっただけです」

「謙虚だな。しかしわたしはそうは思っていない。やはりお前のおかげだ。そこでこれらを取り寄せた。本当なら宝石でも家でも贈りたいところだが、お前は受け取らないだろうからな」

バスィールは肩を竦める。

そのままじっと真紀を見つめてくる視線は、真摯だが柔《やわ》らかだ。

もう一度「食べろ」と促され、そういうことなら…と、真紀はそろそろと菓子に手を伸ばす。久しぶりに食べたそれは、懐かしい味だ。思わず表情を緩めると、それを見ていたバスィールも嬉しそうに微笑む。

いつもの彼の男らしさに、柔らかさと優しさが入り混じる魅力的な笑みだ。

しかしその笑みは、ほどなく消える。代わりにバスィールの貌に浮かんだのは、逡巡《しゅんじゅん》しているような表情だ。

いったいどうしたのかと、真紀が気になったとき。

バスィールは意を決したように立ち上がると、ドアの方へ歩いていく。

大きく開かれるドア。刹那、真紀はあっ、と声を上げていた。

そこには、侯爵が立っていたのだ。

慌てて立ち上がる。思いがけない久しぶりの対面に動けずにいると、そんな真紀を気遣うように侯爵はふっと笑む。

懐かしい――いつも胸の中にあった笑みだ。胸が熱くなるのを感じていると、

「二人で話した方がいいだろう」

バスィールは呟くように言い、部屋から出て行ってしまう。

残された真紀は驚くしかなかったが、ゆっくりと近付いてくる侯爵の姿に、喜びが入り混じる。

「……どうして……」

ようようそれだけを絞り出すように言うと、侯爵はそっと真紀の手を取って言った。

「殿下が呼んでくれたのだよ。わたしを、ここへ」

「殿下が……?」

「ああ。どうやらお前をわたしのもとに返してくれるおつもりのようだ」

「!」

想像もしていなかった話に、息を呑んだ。バスィールが?

目を瞬かせる真紀に、侯爵は深く頷く。そしてぎゅっと、真紀の手を握り締めてきた。

「わたしの勝手でお前を振り回して申し訳ない。だがよければわたしのもとに帰ってきてもらえないか」

「旦那《だんな》さま……」

その言葉は、何より聞きたかった言葉だ。

なのに――。それなのに、どうしてか胸の中に寂しさが吹き込んでくる。

バスィールに捨てられてしまった――。そんな思いが湧《わ》き起こる。

自分を侯爵のもとに返そうとしているということは、彼にとって自分はもう用なしということなのだろうか……。

真紀はそんなことを考えてしまう自分に戸惑わずにいられなかった。理由がどうあれ、侯爵のもとに帰れるならば喜ぶべきなのに。

「……真紀？」

黙ってしまった真紀を気にしたのか、侯爵の声が訝《いぶか》しそうなものになる。

真紀がはっと息を呑むのと、侯爵の苦笑とは同時だった。彼は真紀の肩を二度、三度と軽く叩《たた》くと、

「急なことだ。返事はすぐでなくていい」

優しく宥《なだ》めるように言う。

そして、にっこり笑うと、

「この国を少し見て回りたい。明日にでも街を案内してくれないか」

もう何ごともなかったようにそう言われ、真紀は「はい……」と静かに頷いた。

自分の気持ちを尊重してくれようとしている侯爵の優しさが嬉《うれ》しい。やはり彼は自分にとって特別な人だ。

それなのに……。

真紀は侯爵を城内の部屋まで送り、仕事に戻ってからも、自分で自分の気持ちを摑めないままだった。

ずっとずっと、帰りたいと思っていた。こんなところにはいたくないと思っていたはずだった。なのにどうして――なぜ自分は躊躇っているのか。

悩んだ挙げ句、その夜、真紀は意を決してバスィールのもとへ向かった。

彼がどうして自分を侯爵のところに返す気になったのか、それを知っておきたいと思ったのだ。

だが彼は仕事を一区切り終えた、やや穏やかな気配を感じさせつつも、

「お前は帰りたがっていただろう」

と突き放すように言うばかりだ。

その口調に、真紀は自分で思っていた以上にショックを受けた。

どうしてなのかわからない。けれどなぜか足下がおぼつかなくなるような感覚がした。

それはバスィールに見つめられても同じで、真意を尋ねに来たはずが、結局口にできたのは最初の一言だけだ。

じっと見つめられても、言葉が出ない。声が出ない。

自分でも自分の気持ちがわからないせいで何も言えず、真紀が思わず俯いてしまうと、

「お前には、もう飽きた」

床に目を落としていた真紀に、バスィールの冷たい声が届いた。

はっと顔を上げるが、バスィールはもう仕事に戻っている。

見つめても、彼の目が再びこちらを向くことはなく、真紀はそのまま静かに部屋を出て行くことしかできなかった。

◆

「この辺りが、街で一番活気のある場所です。人が多いですけど、大丈夫ですか」

「ああ——大丈夫だ」

「ゆっくり歩きましょう」

翌日、真紀は侯爵を連れて街にやってきた。希望通りの街案内だ。といってもあまり詳しくはないから、以前バスィールに連れられたところを中心に案内する。

そのせいか、真紀は何を見ても、どこを歩いていても、バスィールの面影を追ってしまうばかりだった。侯爵と一緒にいるのに、考えてしまうのはバスィールのことばかり。

彼はもう自分に興味がなくなり、しかるべき相手との結婚を考えているらしいというのに……だ。

「足下にお気をつけ下さい」

真紀は侯爵の手を引いて石畳の道を歩きながら、胸の中で小さく溜息をついた。

バスィールは、自分を遠ざけようとしている。侯爵に返そうとしている。飽きたとも言われた。それなら、彼から離れるべきなのだろう。それに、侯爵のもとに帰ることこそが、自分が一番望んでいたはずのことなのだから。

けれど……。

考えれば考えるほど自分がわからなくなる。そのせいか、ついつい足が止まっていたらしい。

「どうした」

傍らから、侯爵の声がする。真紀は慌てて「なんでもないです」と首を振った。

だが見つめてくる瞳は、こちらを気遣うような心配しているようなものだ。きっと、この国へ来させてしまったことを気にしているのだろう。あれから数ヶ月経っているのに、まだ。

優しい主――。

真紀は自身のただ一人の主であるはずの侯爵を見つめると、

「決めました」

静かに、そう口にした。

「一緒に戻ります。またお側に仕えることができて嬉しいです。すぐに戻りましょう。イギリスに。旦那さまのお屋敷に」

ぎゅっと手を握り返しながら、そう続ける。しかし侯爵はどうしてか訝しげだ。

「本当にいいのか？」

顔を曇らせ、気遣うように尋ねてくる。真紀は「はい」と頷いた。元々、自分は侯爵のもの。

バスィールと過ごした時間は、かりそめのものだったのだから。

◆

王宮へ戻ると、真紀はバスィールに侯爵と共に戻る旨を伝えた。

いや——少し違う。

人を介して伝えてもらった、という方が正しい。元々、ただの従者である自分が彼と直接話せていたのがおかしいのだ。それに、彼と対峙《たいじ》したくなかった。

『お前には、もう飽きた』

あんな言葉をもう二度と聞きたくなかったし、顔を見れば、なんだか別のことを言ってしまいそうで。

そして翌日、真紀はヴェンターから飛行機のチケットを受け取った。

確かめてみれば、出発は二日後。侯爵と二人分だ。

(二日後……)

早い、と真紀が思っていると、

「……急だな」

傍らから覗き込んできたヴェンターが言った。

見れば、彼は苦笑を浮かべている。真紀は「すみません」と頭を下げた。

「お別れの挨拶《あいさつ》もろくにできないままで……」

「そうだな。それにきみがいなくなると寂しがる者も多そうだ。わたしが追い出したと誤解されなければいいが」

ヴェンターの言葉に、真紀ははっと息を呑む。途端、彼は「冗談だ」と笑った。

「さすがに今になってそんなふうに思う者もいないだろう。きみはしっかり働いてくれていたし、わたしも頼りにしていた」

「ありがとうございます」

「正直なことを言えば、有能だったきみにいなくなられると少々困る。ここ最近、殿下の様子が変わられたのも、きみが原因だろう？」

「……」

　なんと答えればいいのかわからず、真紀が黙っていると、ヴェンターは苦笑を深めた。

「隠さなくてもいい。それしか理由が見あたらない。もっとも——正直なことを言えば、わたしは、殿下がきみに特別執着なさっているのを見て、危機感を抱いていた。今までそうしたことがなかったとはいえ、殿下の寵愛《ちょうあい》を笠に着て規律を乱す者があればわたしたちの仕事は立ち行かなくなるからな。だが……」

　そこでふと言葉を切ると、ヴェンターは笑った。

「きみはそうではなかった。むしろ他の者たちよりも仕事熱心で誠実だった。今はもう、きみを認めていない者はいないだろう。そんなきみがいなくなるのは、残念だ」

「ヴェンターさん……」

　寵愛、と言われたときには思わず首を振ってしまったが、彼に——そして皆に認めてもらえていたならそれは嬉しい。

　当初は寂しい思いも嫌な思いもしたけれど、馴染《なじ》んだ今となっては、真紀も皆と離れがたくなっているのも本当だ。

けれど、帰らなければ。

真紀が思ったときだった。

「マキ！　帰っちゃうって本当!?」

突然、ノカが慌てた声を上げながらやってきた。

いったいどこでその話を耳にしたのか。まだヴェンターしか知らないはずなのにと目を瞬かせる真紀の前で、

「どこからその話を？」

とヴェンターも憮然《ぶぜん》とした顔だ。

だがノカはそんなことは気にしていないとばかりに真紀を見つめたまま近付いてくると、

「本当？」と悲しそうに尋ねてくる。

真紀はちらりとヴェンターを見やり、彼が溜息をつきつつ頷いたのを確認すると、

「うん……」

と、ノカに頷いた。

「侯爵さまが迎えに来て下さって……。殿下のお許しも出たから、帰ろうと思うんだ」

「……本当に？　本当にここからいなくなっちゃうの？」

ほとんど取り縋らんばかりに言うノカに、真紀は苦笑しつつ頷く。と、彼女は泣きそうな様子で顔を歪めた。

「そんなのやめてよ！　だってマキはこの城でわたしたちと一緒に働くために来たんでしょう!?　なのに帰っちゃうなんて……。それに、すぐに帰っちゃうって聞いたわ」

「誰に」

ヴェンターはさらに眉を寄せて言う。が、ノカは「噂です」としか応えない。ヴェンターが苦笑した。どうやら、メイドたちの情報収集能力には、彼もお手上げらしい。

真紀も苦笑しつつ、ノカを見つめ返した。

彼女と親しくなったことが、皆に馴染む第一歩だった。それからもずっと気にかけてくれていた。

「ごめん」

そんなノカに、真紀は素直に謝った。

「僕は、侯爵さまに大きな恩があるんだ。だからできる限りお側でお世話したいと思ってる」

「じゃあ、殿下は？　殿下はどうでもよかったの？」

「そんなことは――」

ない。

真紀は強くそう思った。

最初は、確かにそうだった。この城にきたばかりの頃は。侯爵に言われてきたばかりの頃は、ただただ侯爵に恥をかかせないようにするためだけのつもりだった。バスィールに、無理やり身体を奪われたときも。

でも今は違う。いつの間にか変わっていた。「どうでもいい」なんて思えない。だから苦しくて……。そんな自分に戸惑っている。

もう帰ると決めてしまった今、どれだけそう訴えても嘘のように聞こえてしまうだろう。

真紀が唇を噛んでしまうと、

「ごめんなさい、言い過ぎたわ」

ノカが、すまなそうに言った。

「せっかく仲良くなれたのに、いなくなっちゃうと思ったらつい……。ねえ、でもせめて出発の日を延ばせないの？」

「ごめん……。もう航空券も用意してもらってるんだ。だから……」

「そう……」

真紀が手にしているものを見せながら言うと、ノカはがっくりと肩を落とす。しかし直後、「それなら」と真紀を見つめていった。

「明日は時間を作ってちょうだい。無理をしてでも、絶対に。ささやかだけど、お別れ会をさせてちょうだい」

「ノカ……」

「みんなそう思ってるのよ。短い間だったけど、一緒に働けてよかった、って」

そしてノカは、ヴェンターに向いて言った。

「そういうわけですから、明日はみんな少しずつ早く仕事を終われるようにして下さい」

「……」

「お願いします！」

懇願の声でノカが言うと、ややあって、ヴェンターは大きく溜息をついて言った。

「メイドたちの方はわたしの管轄じゃないぞ」

「！　大丈夫です！　それはわたしが話をしますから！　じゃあ……」

「ああ。わかった。夜番の者は別だが、そうでない者は早めに仕事を切り上げさせよう」

「ありがとうございます！」

ノカはぱっと頭を下げると、改めて真紀に向いた。

「そういうわけで、明日はお別れ会、ね。夕食を少し早めにしてもらって、そのあとに」

「……」

「侯爵さまが大切でも、これだけは絶対に参加して。みんなに別れの挨拶を言わせて」

「わかった。僕もお別れの挨拶をしておきたいし」

真紀が頷いて言うと、ノカも深く頷く。そして彼女は「絶対よ」と言い残すと、来たとき同様慌ただしく去っていく。

姿が見えなくなると、ヴェンターが笑った。

「人気《にんき》だな」

「そんな……」

「今までも辞めていった者は何人もいたが、こんなに人気だった奴はいない」

「……」

「みんな、まだ一緒に仕事をしたいと思っているということだ。わたしだけでなく」

そう言うと、ヴェンターはぽんと肩を叩いて去っていく。

真紀はここから離れる寂しさを改めて感じずにはいられなかった。

◆

ささやかな——と言っていた割りに思いがけず大勢の人たちが集まってくれたお別れ会を終えて部屋に戻ると、そこには花が届いていた。

ロウとルーヴォからだ。彼らがこの城の庭で育てていた花。メッセージも添えられている。出発が急なせいで、彼らにはまだ別れの挨拶ができていない。この城をあとにする前に会えるだろうか。

この城にいるのも、あと数時間だ。

真紀はベッドに腰を下ろすと、時計を見ながら思った。

短かったけれど、この城ではあまりに多くのことがあった。忘れられない、いくつものことが。

明日にはイギリスに帰るけれど——侯爵と共に戻るけれど、そのとき自分はここでの生活のことをどう思うだろう？

ずっと覚えているだろうか。それとも忘れてしまうだろうか……？

「忘れる……」

そんなこと、できるんだろうか。

真紀は呟くと、思わず胸元を押さえた。今でも、ここは静かにしくしくと痛い。まるで、離れたくないと悲鳴を上げているかのようにだ。

痛みを堪えるように、真紀が眉を寄せたとき。部屋のドアが開く。

やってきたのは、バスィールだった。

「殿下……」

急な訪問に、戸惑いが隠せない。別れの挨拶をするまで会わないつもりだったのに、まさか彼がやってくるとは。

狼狽《ろうばい》する真紀をちらりと見ると、バスィールは部屋を見回す。

「さっきまでお前のお別れ会とやらをやっていたらしいな。随分慕われたものだ。出発は明日だが、荷造りはすんだのか？　誰か手伝いの者が必要か」

「い、いえ」

真紀は首を振った。

「大丈夫…です。荷物は、そう多くありませんので」

「そうか」

バスィールは頷くと、ゆっくりと部屋を歩き回る。

彼と同じ部屋にいる――。そんなこともこれが最後だろうなと思うと、胸が軋むように疼いた。彼の足音を聞くのも、衣擦《きぬず》れの音を聞くのも、漂う香りを感じるのも、気配に緊張するのも、全て全て、これで最後だ。

と、バスィールの足が止まる。

真紀の前に立った彼が、じっと見つめてきた。

灼《や》けた肌、漆黒の髪と金の瞳。最初にこの城で見たときには、獰猛《どうもう》な獣《けもの》のようだと思った。優美だが人を脅かし、食らう、残酷な獣のようだと。

けれど今の彼から、そんな剣呑《けんのん》な気配は感じられない。王子としての精悍《せいかん》さや高雅さは感じられても、無闇《むやみ》に他人を威嚇するような不穏さはない。

見とれるように見つめ返していると、バスィールが微かに微笑《ほほえ》んだ。

「真紀――。今日までわたしの側にいてくれたことに感謝する。ありがとう。そしてお前に向けた数々の暴言を謝罪する。すまなかった」

「……」

「侯爵へのいきすぎた振る舞いも、謝罪した。彼は笑って許してくれはしたが…本当はどうだろうな。お前からも謝っておいてくれ」

「……はい……。でも、旦那さまは根に持つ方ではありません」

「わたしと違って——か？」

「い、いえ。そういうわけでは」

ザバヤのことをほのめかして言うバスィールに、真紀は慌てて首を振る。と、バスィールは声を上げて笑った。

「冗談だ。だがザバヤの件では世話になった。もちろん…それ以外のことでもだ。短い間だったが、よく仕えてくれた。さすがは、侯爵自慢の従者だ」

そして彼はまだじっと真紀を見つめると、軽く顎《あご》をしゃくる。

「向こうを向け」

言われて、真紀は素直にバスィールに背を向けた。怖いとは思わなかった。躊躇いもなかった。

するとややあって、うなじに何かが触れる気配があった。

息を詰めると、それがバスィールの指だとわかった。彼の指が、チョーカーに、そして肌に触れる。彼に抱かれた翌日から、ずっとずっとそこにあった金のチョーカー。

じっとしていると、やがて、ふっと喉元が軽くなる。

その瞬間、胸の中を、感じたことのない寒さが吹き抜けた。身体に穴が空いたような、寂しいような悲しいような感覚だ。

初めての感覚に困惑する真紀の背後から、バスィールの声が続く。

「これで、お前はもう自由だ」

その声は、静かで、穏やかで、そしてどこかもの悲しい響きを湛えている。

振り返ろうとしたその寸前。

「！」

腕が、真紀の身体を包むように抱き締める。

決して強くはない拘束。以前もあった。覚えのある抱擁《ほうよう》だ。壊れ物のように扱われることに、真紀は戸惑わずにいられない。

どうして。

どうしてバスィールは自分をそんなふうに抱き締めるのか。

戸惑う間に腕は解け、やがて、彼は静かに部屋を出て行く。

真紀は彼の体温の残る身体を、自身の腕できつく抱き締めることしかできなかった。

◆　◆　◆

翌日。真紀は仕事の手を止めて見送ってくれた人たちに別れを告げ、城をあとにした。

バスィールが用意してくれていた車で、侯爵と共に空港へ向かう。

窓からの風景を眺めていると、脳裏を、この国に来てからのことが走馬燈《そうまとう》のように過ぎる。

結局、真紀はあれから一睡もできなかった。出国までもう一日を切ってからも、まだ自分の選択が正しいのか悩み続けていたからだ。

そんなはずはないのに、バスィールの香りが部屋に残っている気がした。彼の声が、腕の感触が、体温が。

けれど結局、彼と会えたのはあれきりだった。今も彼は仕事をしているだろう。

王子として。きっと真紀のことなどもう忘れて。

「……大丈夫か」

すると、傍らから侯爵の声が届く。

はっと見ると、侯爵は最近よく見る心配そうな表情を浮かべていた。

「あ…も、申し訳ございません。大丈夫です。少し…少しだけ…感傷的になってしまって……。三ヶ月近く住んだ国なので……」

「真紀。本当にいいのか」

「えっ？」

「わたしと一緒に帰ってくれるのは本当に嬉しい。またお前と一緒にいられことは嬉しい。お前が世話してくれるのは喜びだ。だが…それで本当に構わんのか？　慕われていたようではないか」

「わたしは、旦那さまのお側にいることが一番の喜びです。城の方たちが気にかけてくれたことには感謝していますが、それよりも――」

「殿下のことは、いいのか」

「！」

思いがけない言葉に、息を呑む。侯爵は真紀の手を握り、静かに言った。

「殿下は随分とお前のことを気にしていた。それほど気にするということは、お前が殿下に対して誠実にお仕えした証《あかし》だろう。それでもわたしのもとに帰って構わんか？」

「殿下……に……お仕えしたの、は……旦那さまの名誉のためです。旦那さまの従者として、すべきことをしなければ……と……。それだけです」

「……」

「侮られたくなかったのです。馬鹿にされたくなかった。旦那さまの従者としてこの国に――バスィール殿下のもとに赴《おもむ》いた以上は、その期待に応えなければ……と……。それだけです」

見つめたままそう言い返すと、侯爵はしばらく真紀を見つめ「そうか」と頷く。

「はい」

真紀も、深く頷いた。

間違っていない。間違っていない。間違っていない。

胸の中で、何度もそう繰り返しながら。

そうしていると、車は空港の車寄せに辿り着く。

真紀は先に降りると、侯爵のためにドアを開ける。

運転手にお礼を言って別れると、そのまま荷物を持って空港へ入った。

元々少ない荷物だ。しかも座席はファーストだから、チェックインの手間もかからない。

「こちらで少しだけお待ち下さい。搭乗の手続きをして参りますので」

カウンター近くのソファに侯爵を誘うと、真紀はカウンターに向かう。

侯爵の話によれば、バスィールが全て手配してくれたため、パスポートとチケットで本人の確認さえできればその後はフリーパスらしい。

（簡単なものなんだな）

鞄《かばん》の中からチケットの入った封筒を出しながら、真紀は思った。

悩んでいても迷っていても、作業は粛々と進む。数時間もすれば機上の人となり、さらにそれから数時間でイギリスだ。

自分は、この国からいなくなる。バスィールの近くから。

簡単なものだ。

しかし、とりとめなくそう考えながらチケットを取り出したとき。封筒から、何か零れ落ちる。

「？」

この間確認したときは気付かなかったのに、と思いながら、真紀は床に落ちたそれを、拾い上げようと手を伸ばす。

次の瞬間、自分の目を疑った。

そこにあったのは、押し花だった。

バスィールと一緒に出かけた際に見かけた花だ。この国にしか咲かない花だと言っていた。真紀が「わたしの名前にも花がつくんです」と話したときの……。

いったい、いつの間に。

いや、それよりもどうしてこんなものがここに。これはバスィールが用意してくれたもので……。

「っ――」

真紀はきつく唇を噛んだ。

帰りたくない。

帰りたくない。

ここにいたい。

バスィールの側に。

口には出せない思いが込み上げてくる。真紀は自分を抑えるように、拳を握り締めた。

侯爵を裏切るわけにはいかない。わざわざ――わざわざ自分なんかのためにここまで来てくれたのだ。過日、辛い毎日から助けてくれた人が、今また自分を迎えに来てくれている。侯爵に恩を返すために、彼に仕える従者になった。

それを、今になって辞めることなんてできはしない。

離れるなんて。

けれど、そんなことは嫌というほどわかっているはずなのに、胸の奥からは抑えられない欲求が込み上げてくるのだ。

バスィールの側にいたい——。

そんな想いが。

侯爵のことは大切だ。誰よりも。恩人で、言葉にできないほど感謝している。

けれど、愛しているのは……。

だが、今更どんな顔をしてバスィールの元に戻ればいいのだろう。機会は何度もあった。なのにそれら全てを無駄にして、城を出てしまったのに。

(でも——)

帰りたい。許されるなら。

もう一度側にいられるなら、なんでもする。彼が他の女性と幸せに過ごしていても、笑顔で仕事をしてみせる。ただ、側にいられるなら。

拾い上げた押し花を見つめたまま、動けなくなっていたとき。

「真紀!!」

背後から、声がした。

一番聞きたかった声だ。けれどここでは聞こえるはずのない声だ。

驚いて振り返れば、そこには、他でもない、バスィールがいた。

どうして、と思うより早く彼はまっすぐに近付いてくると、そのまま、きつく抱き締めてきた。

「行くな」

耳元に聞こえた声は、切実で、熱く掠れている。

驚きと戸惑いに動けない真紀の耳に、バスィールの声が続く。

「行くな。行かせたくない。わたしの側にいろ。お前を離したくない。お前を愛しているのだ」

胸を打つ言葉に、息が止まる。

身体が熱い。だが、彼には結婚の話があったはずだ。

真紀は抱き締められたまま、恐る恐る、それを口にする。するとバスィールはそっと腕を緩め、真紀の顔を——真紀の瞳を見つめながら言った。

「確かに一度は結婚を考えた。お前のおかげで、もう一度人を信じられるような気がしたからだ。だが……だめだった。むしろ幾人かの女性たちと会ううちに気付かされたのだ。わたしが本当に求めているのは誰なのかを。わたしはお前がいいのだ。だから話は全て断った。ここ最近忙しかったのはそのためだ」

バスィールは続ける。

「わたしにはお前しかいない。初めて見かけたときに心動かされたのは気のせいではなかったのだ。もう誰も信じられぬと思っていたのに、お前には心惹かれた。お前はわたしにとってかけがえのない存在なのだ。お前を、愛している。だからわたしの側にいてくれ」

真摯な声は、真紀の胸の奥を揺さぶる。温《ぬく》もりが、真紀の身体を包む。真紀はじっとバスィールを見つめ返すと、やがておずおずと、彼の背に腕を回した。

彼の身体だ。彼の香り。彼の体温。気付けば、声が零れていた。

「僕も、あなたと離れたくありません……」

抑えていた気持ちが、とうとう溢れる。

「僕も、離れたくありません……！」

大それたことを言っているとわかっている。侯爵への裏切りだとわかっている。それでも離れたくない。

ぎゅっと抱き締めると、バスィールが抱き締め返してくる。

彼は真紀の手を探ると、きゅっと握り締めてきた。そのまま身体を離すと、真紀を引っ張るようにして歩き始める。

「で、殿下!?」

慌てて真紀が声を上げたとき、バスィールが足を止める。そこには真紀の戻りを待つ侯爵の姿があった。

咄嗟《とっさ》に、真紀は手を離そうとする。だがバスィールは離してくれなかった。いたたまれなさと恥ずかしさに真っ赤になる真紀に構わず、彼は真紀の手を握ったまま、

「リンドリー卿」

静かに、侯爵を呼んだ。そして意を決したように話し始める。

「リンドリー卿、申し訳ないが、真紀は渡せない。彼は、このままここに——わたしの側に留め置く。わたしには彼が必要だ。頼む。わたしから彼を奪わないでくれ」

すると、侯爵はしばらく真紀たちを見つめ、やがて、真紀が初めて聞くような鋭い声音で言った。

「わたしの大切な従者を、また気まぐれに慰み者にするつもりですかな。以前は確かにそれに屈しましたが、二度目は——」

「違う」

侯爵の言葉を遮るように、バスィールは言う。

「そうではない。わたしは本当に——心から彼を求めているのだ。彼を愛している」

「……」

「彼はわたしを変えてくれた。わたしは彼に酷いことをしたのに、彼はその献身でわたしを変えてくれたのだ。誠実で穏やかで、けれど芯《しん》の強い彼を、わたしは愛している！　愛しているのだ」

バスィールの言葉を聞き終えると、侯爵は真紀に目を向けてくる。

真紀は身体が冷えるような感覚を覚えた。自分がバスィールと共にいることは侯爵への裏切りではないのか――彼からの恩を仇《あだ》で返すことになるのではないのかという思いが、足下から這《は》い上がってくる。

その怖さに耐えられず、俯きかけたときだった。

「どうか、彼を責めないでくれ」

一層強く、ぎゅっと手を握られたと同時に、バスィールが再び言った。侯爵に向けて。

はっと顔を上げた真紀の傍らで、バスィールは続ける。

「彼はいつも卿のことを大切に思っている。わたしのもとへ来てからもだ。おそらく今だって考えているだろう。そんな彼を手放せず手元に留め置きたいと願うのはわたしの身勝手さゆえだ。彼は何も悪くない。どうか彼を責めないでくれ」

ほとんど懇願する勢いで言うバスィールに、真紀は戸惑わずにいられなかった。あのバスィールが。いつでも堂々としていて、まさに王子の中の王子という佇《たたず》まいで、誰に頭を下げることもないと思っていた彼が、まさかそんな声音で、そんなに必死な表情で侯爵に訴えると思っていなかった。

それも——彼自身のためではなく真紀のために。

「っ……旦那さま——」

真紀は思わず、侯爵の足下に跪《ひざまず》いていた。

バスィールが驚いた顔を見せるのがわかる。それを横顔に感じながら、侯爵を見つめて続けた。

「旦那さま。今まで身に余るほどのご恩を頂きながら、このようなことを申し上げて申し訳ございません。頂いたご恩の半分もお返しできていない身で、我が儘《まま》を申し上げて申し訳ございません。ですがどうしても——どうしてもここから離れたくないのです。ここから——バスィール殿下のお側から」

「……」

「どうかお許し下さい。務めを果たしきれずに旦那さまのもとを離れる不誠実さは、どれだけ責められても仕方のないことだと思っています。けれどどうしても、ここにいたいのです。わたしをこのままこの国に、殿下の側にいさせて下さい」

縋るような思いで、真紀は侯爵に訴える。

祈るように見つめた数秒後、

「変わったな」

小さく微笑みながら、侯爵が言った。両手をそっと握られる。同じぐらいの視線の高さで、侯爵は微笑んだまま続けた。

「お前は変わったのだな。わたしのもとにいたときには、そんな顔は見せなかった」

「旦那さま……」

「わたしに恩を感じ、全てをわたしのためにと捧げてくれていた。それは嬉しいことだったが、ずっと気にしていたのだよ。お前がお前の人生を見つけることはあるのだろうか、と」

しみじみと、侯爵は言う。真紀は目の奥が熱くなるのを感じる。侯爵は真紀の手を握ったまま、一層笑んだ。

「だが、今のお前はそれを見つけたようだ。今まではそんな顔はついぞ見せなかったのに、今は生き生きとした、懸命な面持ちをしている。自分の希望を表に出すことは、決して悪いことではないのだ。わたしのもとでお前は、実によく働いてくれた。『務めを果たしきれずに』？　そんなことはない。あまりあるほどだ。今まで、よく務めてくれた」

「旦那……さま……」

「幸せになりなさい。お前がそれを望んでくれてよかった。そういう相手と出会えてよかった」

そして侯爵は、視線をバスィールに移して言った。

「彼をよろしくお願い致します。今度こそ、本当に」

「――ああ。必ず、幸せにする。誓おう」

侯爵の言葉に、バスィールは深く頷きながら言う。

その言葉に安心したように離れかけた侯爵の手を咄嗟に掴むと、真紀は感謝の言葉を繰り返す。

涙が止まらなかった。

◆

バスィールのはからいで侯爵を機内まで見送り、離陸を見守ると、真紀は彼と共に城へと戻った。

途中の車内はそこはかとなく空気の重たさが感じられたけれど、それは心地好くもある重たさだった。

互いが互いを意識するような、そんな重たさだ。

相手に心音が聞こえてしまうのではという不安。けれど、それほど近い距離にいられるのだという喜び。それらが混じり合ったような空気だった。

帰るといってお別れ会まで開いてもらっておきながら城に戻る自分を受け入れてもらえるかどうかだけは心配だったけれど、帰ってみれば、それは杞憂《きゆう》だった。

一様に驚いた顔をしていたけれど、皆歓迎してくれて、真紀は改めて同僚たちの温かさを感じずにいられなかった。

そしてその夜。

部屋のドアがノックされ、現れたのはこの城の主、そして真紀がここへ戻ることになった理由に他ならない、バスィールだった。

「疲れていないか。早速仕事をしていたそうだが」

彼は言うと、「お前は本当に仕事熱心だ」と、笑う。真紀は苦笑した。

何もせずに部屋にいるとどうしても手持ちぶさたで、庭仕事に始まり、結局それまでの仕事に戻ってしまった。

同僚たちも「今日ぐらいは何もしなくていいのに」と言ってくれたけれど、働いていた方が「戻ってきた」ことが実感できて嬉しかったのだ。

それをバスィールに言うと、彼は「お前らしい」と笑う。

次いでおもむろに、ポケットから小さな箱を取り出した。

開けられたそこにあったのは、真紀がずっとつけさせられていた金のチョーカー。そして、初めて見る金の指輪だ。

「これは……」

真紀が尋ねると、

「お前のものだ」

バスィールが言った。

「同じ細工師に作らせたものだ。お前に渡したくて……。渡せて良かった」

バスィールは照れくさそうにそう言うと、真紀の手を取り、そっと指輪を嵌《は》めてくれる。

「ありがとうございます」

感激に目を潤ませながら真紀が言うと、バスィールは微笑んで頷き、じっと真紀を見つめてきた。

「感謝するのは、わたしの方だ。よく――よく戻ってきてくれた。こんなわたしのところに、よく……」

「殿下……」

「大切にする。もう二度とお前を傷つけはせぬ。お前の献身に、必ず応えよう」

そう言うと、バスィールは真紀の額に静かに唇を押し当ててくる。次いで、箱に入っていたもう一つ——ずっと真紀の首を飾っていたチョーカーを取り出した。この国を離れると決めたとき、彼の手によって外されたチョーカーを。

「改めて、このチョーカーもつけていいだろうか。今度は束縛の証ではなく愛の証として」

バスィールの言葉に、真紀は深く頷く。見つめ返すと、彼の手に手を重ね、微笑んで言った。

「束縛の証でも構いません。僕は絶対にあなたを裏切ったりはしませんから」

「——真紀——」

その途端、バスィールは堰《せき》が切れたかのように声を上げると、強く抱き締めてくる。

砂と陽の混じった香り。腕の強さ。広い胸。

目が眩《くら》むような幸福感に浸りながら真紀もきつく抱き返すと、間近から見つめられ、胸がいっぱいになる。

「愛している、真紀」

「殿下……」

「バスィールだ。そう呼べ」

「バスィール…殿下」

「殿下は余計だ」

「でも」

「いいから呼べ。焦らすな」

「焦らしてなんて」

「だったら呼べ。お前に、そう呼ばれたいのだ。少なくとも…二人きりのときは」

熱っぽい瞳で見つめたまま、バスィールは言う。まるで駄々を捏《こ》ねる子供のようなその口調に、少しだけ笑いが零れそうになる。けれどそれ以上に嬉しさが募る。

「……バスィール……」

「ああ」

「バスィール――」

「真紀」

「バスィール…僕も、あなたのことを愛しています……」

気付けば、思いの丈を心のままに口走っていた。

直後、苦しいほどきつく抱き締められる。

息まで奪われるような口付けの中、夢中で抱き締め返すと、挿《さ》し入ってきた舌に一層深く貪られる。

「っん……っん、ん、んんっ――」

恍惚《こうこつ》感と苦しさに、目眩がする。それでもキスを止めたくなくて鼻にかかった声を上げながら懸命にバスィールに抱きついていると、いつの間にか、ベッドの上に押し倒されていた。

「お前を、わたしのものにする。今夜、今から――本当に――。いいな、真紀」

「はい……」

のしかかってきているバスィールに見下ろされ、真紀は熱い息をつきながら頷く。

身体の重みが心地好い。温かさが心地好い。

額に、頬に、唇に何度となく口付けられ、髪を撫で上げられ、そのたび気持ちよさと嬉しさに胸が震える。

「あなたのものに…して下さい」

うっとりと呟くと、その唇にまた口付けが落ちる。

舌に舌が絡められ、柔らかく吸われれば、ぞくぞくするような快感が背筋を駆け抜けていく。

「ん……ぅ……ん……っ」

縋るようにバスィールの服を掴むと、真紀は切なげな吐息を繰り返す。これだけで、どうにかなってしまいそうだ。

もっともっと深く繫がったこともあるのに、気持ちが通じ合ったからなのか、今はあのときと比べものにならないほど身体がさざめいている。内側から生まれる熱に、一秒ごとに身体が侵蝕《しんしょく》されていく。

「っ……あ……っ……」

やがて、口付けは唇から耳朶《じだ》に、首筋に、そして乱された服の下に隠れていたはずの喉元から胸元へと降りていく。皮膚の薄い部分に繰り返し口付けられ、そのたび、身体が小さく跳ねる。

その口付けが胸の突起に触れると、その甘美な刺激に、自分でも思っていなかったほど大きく背が撓《しな》った。

「ァ……ッ――」

目の奥で、火花が散る。

そのまま柔らかく――強く――擦《こす》るように――捏ねるように舌で刺激されると、そのたび、ビクビクとあられもなく腰が跳ねる。

「ゃ……っあ……っ――」

舌足らずな、切れ切れの高い声が口をつく。それが恥ずかしくて堪らないのに、触れられるたび声が溢れてしまう。以前とはまるで違って、全身の全ての肌が悦《よろこ》んでいる。

「っ……ん……んく……っぁ……」

「可愛《かわい》らしい声だ。そんな声を聞かされると、もっともっと聞きたくなる」

「あァ……っ――」

舌先で強く押し潰《つぶ》されたかと思うと、反対側の乳首をきゅっと摘み上げられる。疼くような快感が全身に広がり、真紀は大きく喉を反らして身悶《みもだ》えた。そんなところを触られてこんなに反応してしまうなんて恥ずかしいとわかっているのに、止められない。口付けられ、唇で、舌で弄《いじ》られ軽く歯を立てられ指で摘まれ捏ねられると、胸の突起がどうしようもなく感じて我慢できなくなってしまう。

「ゃ……っぁ…あ…ゃ……っ」

真紀はいやいやをするように頭を振った。バスィールはまだ服すら脱いでいない。なのに自分だけこんなに乱されてしまうなんて。

恥ずかしさのあまり、つい恨みがましく見つめてしまう。すると、それに気付いたバスィールが、小さく笑った。

「どうした、そんな顔をして」

「僕ばかり…こんな……」

「嫌か？　そうは思えなかったが」

「は、恥ずかしいです。あなたはそんな…涼しい顔をしてるのに…僕だけ……」

「涼しい顔――か？」

苦笑しながら言うと、バスィールは胸元から顔を離し、真紀を見つめる。そしてその手をとると、そっと自分の胸に押し当てた。

「あ……」

掌《てのひら》に伝わってくる、鼓動。それは大きく、速い。バスィールが笑った。

「お前に触れているだけで――お前の声を聞いているだけでこうだ。だが、お前の言い分ももっともだな。せっかくこうして触れ合っているのに、布越しというのはもったいない」

そして言うなり、バスィールは纏っていた服を脱ぎ落とす。現れる裸身は、彫刻のような美しさだ。途端に、真紀は自分の身体が恥ずかしくなった。

もう何度も見られているけれど、彼に比べればあまりに貧弱だ。

改めて服に手をかけてくるバスィールから、つい逃げるように身を捩《よじ》ってしまうと、

「真紀？」

バスィールが訝しそうに声を上げた。

「どうした。なぜ逃げる」

「い、いえ…あの……」

「わたしが、怖いか」

すると、バスィールの声が微かに小さくなる。真紀ははっと息を呑んだ。見ればバスィールは面持ちも暗い。慌てて身を起こすと、「違います」と首を振った。

「違います。ただ、僕は細くてあまり男らしくないから…だから、は、裸になるのが恥ずかしくて……」

「本当か？　怖いなら、無理強いはしたくない。不安ならまたの機会でも――」

「いいえ！」

真紀はバスィールの腕をぎゅっと摑んだ。怖くない。彼といたい。もっともっと触れ合いたい。そんな思いが込み上げてくると同時に、彼の優しさが胸を熱くする。

「僕は、大丈夫です」

真紀はバスィールを見つめて言った。

「あなたを愛してるんです。だから……怖くなんか、ありません」

「……」

「怖くなんかない……あなたになら、何をされても――」

湧き起こる想いのままに、そう言ったときだった。

「んっ――」

今までよりも一層激しく口付けられたかと思うと、再び押し倒された。

戸惑う真紀の服を引き剝がし、全身を熱っぽくまさぐりながら、バスィールは呻《うめ》くように言った。

「お前は……本当に――」

そしてバスィールは、真紀の両脚を大きく開かせると、すでに形を変えて勃《た》ち上がっているものを摑み、そのままそこに口付けてきた。

「あァッ――!」

性器への直截《ちょくさい》な刺激に、真紀は一際高い声を上げた。慌てて、バスィールを引き離そうと試みる。彼に――あの彼にこんなことはさせられない。

「や……や…やめ…だめです……っ」

だが、真紀がその肩に手をかけても、なんとか身を捩って逃れようとしても、バスィールはそれを許してくれない。執拗《しつよう》に舌でそこを舐《な》め回したかと思うと、唇でねっとりと扱《しご》いてくる。

そのたび、背筋が溶けるような快感が突き抜け、真紀は大きく背を撓らせた。

腰の奥から込み上げてくる熱に、全身が溶けるようだ。音を立ててしゃぶられるたび耳からも犯されるようで、みるみる昂《たか》ぶらされていく。

「やめ……ゃ…バスィール…っ…ぁ……っ」

バスィールの口の中で、性器がますます硬くなっていくのがわかる。

零れる息が熱い。耳朶が、頬が熱い。経験したことのない、うねるような快感に、頭も身体も追いつかない。

くびれに舌を這わされ、先端を擽《くすぐ》るようにして舐められ、一際強く、バスィールがじゅっ…と音を立ててそこを吸い上げた瞬間――。

「ぁ……っあ、あァ……っ――」

真紀は高い嬌声《きょうせい》を上げて達していた。

温かなものが、猛《たけ》った性器から溢れるのがわかる。バスィールの口の中に放つ恥ずかしさと申し訳なさに、首まで赤くなったが、吐精《とせい》に震える身体は指一本動かせない。

やがて、最後の一滴まで飲み干すと、バスィールが唇を舐めながら顔を上げた。

艶《なま》めかしくも淫猥《いんわい》なその姿に、真紀は一層頬を染める。達したばかりなのに、それだけでまた身体が反応しそうだ。

逃げるように顔を背けると、その頬に唇が触れた。

「可愛らしい声だった。以前聞いた声とは、まるで違うな」

そしてバスィールは、真紀の肩に、首筋に、幾度も口付けを落としてくる。

愛情の感じられるその細やかな愛撫《あいぶ》に、真紀は胸がいっぱいになるのを感じていた。

身体だけでなく、心も満たされていく。そろりと顔を向けると、すかさず、その唇にキスが落ちた。

微かに残る、青臭い香り。真紀が放ったものの名残《なごり》だ。朱くなった頬に、またキスが触れた。

「大丈夫か。顔が真っ赤だ」

「大丈夫…です。でもあなたが……」

「ん？」

「あなたがあんな…あんなことをするから……」

「愛しい者を悦ばせたいと思って何が悪い。よくなかったとは言わせぬぞ」

「そ、それは……」

そうですけど……と真紀がもごもごと言うと、バスィールは小さく笑う。優しく髪を掻き上げてくると、口付けの合間に「どうする」と吐息のように尋ねてきた。

え？　と顔を向ける真紀に、バスィールは間近から続ける。

「このまま、続けて大丈夫か。お前を――お前の全部をわたしのものにして構わないか」

「……」

熱の籠《こ》もった瞳の中に、微かに自制を残してバスィールが尋ねてくる。真紀はこくりと頷いた。

「僕はもう、あなたのものなんですから」

そう言い返して自ら口付けを交わすと、バスィールの瞳は一層熱を増す。

腰を辿り、肌を撫でて滑り落ちてきた手が、双丘を割ってその奥へと触れる。先刻の口《こう》淫《いん》のせいでまだしっとりと濡《ぬ》れているそこを探られ、真紀はぞくりと背を震わせた。

「大丈夫だ」

途端、そんな真紀の微かな恐怖心を察したようにバスィールが言った。

「大丈夫だ。お前を傷つけるような真似はせぬ」

そして宥めるようにそう言うと、ゆっくりと――焦れったいほどゆっくりと真紀の後孔を探る。やわやわと揉まれ、その切なさに真紀が身悶えると、指はようやく中に挿し入ってくる。

「っ……」

一瞬の圧迫感。けれどそれは、すぐに身体の奥がむずむずするような感覚に変わっていく。

自分でも触れたことのない場所をバスィールに触れられている羞恥と快感。真紀が熱い息を零すと、指はゆるゆると動き始める。

「んんっ……っ」

身体の中を探られる未知の感覚に、鼻にかかったような声が漏れる。だが次第に、その声は掠れて甘く濡れていく。バスィールの指はゆるやかな動きで、じわじわと真紀の快感を引き出していく。

抜き挿しされるたびそこがさざめいて蠢《うごめ》くのがわかる。身体が熱を孕《はら》んでいくのがわかる。恥ずかしいのに、腰が揺れる。彼の指の存在を感じるほどに、羞恥よりも淫靡《いんび》な快感の方が膨らんでいく。

「は……っぁ……あぁ……ッ――」

指が増える。

二本、三本。複数の指が、ばらばらに身体の奥を穿ち始める。抜き挿しされ、抉《えぐ》られ、弄られ、同時にやわやわと性器を扱かれると、一度放出したはずの熱が再び体奥から湧き起こり、じわじわと全身に広がっていく。

以前よりも、もっともっと熱く、逃れられそうにない粘ついた熱が。

「ぁ……っあ、ぁぅん…っ……」

指を動かされるたびに、性器を扱かれるたびに、背が震える。息が乱れて頭がクラクラする。身体の中で、ぷつぷつと小さな爆発が起き続けている。次々と打ち寄せてくる快感が苦しくて、いやいやをするように身を捩ると、後孔を穿っていた指がずるりと抜き出される。

大きく息をついた、その直後。

一層大きく脚を開かされる。息を呑むと、バスィールが深くのしかかってきた。

その瞳は、熱っぽく、牡《おす》の艶めかしさに溢れている。眼差しに、真紀が胸の震えを感じた次の瞬間、まだ疼いているそこに、指よりも熱いものがひたと押し当てられる。

熱く大きなものがグッと挿し入ってきた。

「っ――」

思わず息を詰め、喉を反らすと、そこに宥めるように口付けが降る。

喉元に、頤に、頬に降る口付け。唇を啄《ついば》むようにして愛撫され、その心地好さに身体の力が抜ける。と、バスィールが間近から微笑んだ。

「大丈夫だ。だからそうして身体から力を抜いていてくれ」

「バスィー……っんっ――」

再び、熱がグッと押し込まれる。

言われたとおりにしなければと思うのに、強張る身体は思うようにならない。バスィールが苦笑した気配を感じ、真紀は「ごめんなさい」と謝った。

「う、上手くできなくて……」

「謝ることはない。身体の力を抜いた方が楽だろうとは思うが…そうできないのもわかるからな」

そしてバスィールは言うと、口付けを繰り返しながら、じりじりと腰を進めてくる。

そうしながら、再び性器を弄られ、真紀は大きく身悶えた。

慰撫《いぶ》するように、ゆっくりゆっくりと、深く繋げてくるバスィールの優しさが嬉しい。

自分の身体がじわじわと柔らかくなるのがわかる。苦しさと圧迫感が、次第に快感にすり替わっていくのがわかる。

「は……ぁ……っ……」

やがて、いっぱいまでバスィールの熱が埋められたのを感じ、真紀は大きく息を零した。

ぎゅっと抱き締められ、身体と心の両方が深い充足感を覚える。次の瞬間、目尻《めじり》にバスィールのキスが触れた。

「苦しいか？　泣いていた」

優しい手つきで前髪を撫で上げてくれながら、彼は言う。真紀は「いいえ」と頭を振った。

「苦しくないと言えば嘘ですけど…でも平気です。泣いてたなんて、気付きませんでした」

「涙が浮いていた」

「嬉しいからです……きっと」

言いながら、真紀はバスィールを抱き締めた。

「嬉しくて、幸せだからです……。あなたとこうしていられて……幸せだからです」

一度は離れようと思った。けれどこうして一緒にいると、離れられないのだと思い知る。

脈打つ彼の熱を身体の奥に感じながらバスィールを見つめると、

「真紀――」

吐息と共に名前を呼ばれ、きつく抱き締め返される。

「わたしも幸せだ……ずっとずっと――わたしの側にいてくれ。必ず幸せにする。お前を、必ず幸せにする」

「バスィール……」

「もう二度とお前を離さぬ。ずっとずっと──わたしの側に──」

そして再び深く口付けられ、真紀は酩酊《めいてい》のような目眩を覚える。幸せすぎて、何も考えられなくなる。ただただ目の前の身体をきつく抱き締めると、バスィールは再びゆるやかに──次第に激しく動き始めた。

「んん……っ──」

さっきまでよりも確かな快感が、繋がっている場所から生まれては広がっていく。

内股《うちまた》が震える。腰がわななく。彼が動き、深く突き込まれては引かれるたびに、穿たれている部分は間違いなく快感を覚え、一層昂ぶっていく。

「ん、ん、んんっ──」

鼻にかかった声が漏れる。むず痒《がゆ》いような、うずうずするような感覚が全身に広がって、じっとしていられない。気持ちがよくて、ふわふわして、頭の中がぼうっとして背筋やうなじがぴりぴりして。息が熱くて触れ合っているところはもっともっと貪欲《どんよく》になって彼を求めて止まらない。

「ぁ……っあゃ…バスィール……っ」

「いい声だ。お前の声は――涼やかなのに艶めかしいな。その声を、聞きたくて堪らなかった」

「つん…っ――あ……っ――」

「もっと聞かせろ。わたしに――もっと――」

「アァ……ッ――」

深く突き上げられ、その激しさに大きく背が撓る。露わになっている喉元に、きつく口付けられた。そのまま首筋に、鎖骨の辺りに、薄い皮膚に幾度となく口付けられ、食べられてしまうようなその激しさにますます切ない声が零れた。

「は…っァ…っ……！」

抱き寄せられ、奥の奥まで深く埋められ、その熱さに身悶える。自分の身体の奥に彼の熱が――欲望があるのだと思うと、それだけで言葉にならない淫悦《いんえつ》が込み上げ、達してしまいそうになる。

そんな欲を見越したように、バスィールの指が性器に触れる。

再び硬くなっているそこを摑まれたかと思うと、一気に扱き上げられ、大きく腰が跳ねた。

「アァっ――！」

大きすぎる快感に、目の奥で火花が散る。

鼓動が、一気に速くなる。繰り返し穿たれながら性器を刺激されると、逃げ場のない熱が身体の中で荒れ狂い、内側から溶けてしまいそうな気さえしてしまう。

「ゃ……っぁ…バスィール……っ、だめ……っ」

「どうしてダメだ？　何がダメだ。お前はもう――こんなに昂ぶっているのに」

「だっ…だっ、て……ッァ――！」

言いかけた途端、再び性器を扱かれ、声が溶ける。

彼の手の動きに合わせて――まるでそれを促すように、腰が動いてしまう。止められない。恥ずかしいのに、止められない。

「ぁ…ぁ……あァ…っ…バスィール……っ」

「真紀――」

「バスィール…もぅ…っ…もぅ――」

「もう？」

「もぅ…っだめ…僕……っダメです……っ」

全身を巡るうねる波のような快感に、真紀は息も絶え絶えに首を振る。何も考えられない。息も上手くできない。バスィールに揺さぶられ、溢れるほどの快感を注がれるたび、達したくて達したくて堪らなくなってしまう。

まだ終わりたくないのに――もっとこうしていたいのに。

「っ……く……」

相反する想いが身体の中を駆けめぐる。その苦しさに、真紀は思わずバスィールの背に爪《つめ》を立てた。逞《たくま》しい彼の身体を、きつく――きつく抱き締める。

額に滲《にじ》んだ汗の香り。腕の強さ。速い鼓動。顰《しか》められた眉と苦しそうな表情。バスィールのそれら全てに、胸が疼いて堪らない。

繰り返し突き上げられ、中を抉られ身を捩ると、さらに深くまで埋められて揺さぶられる。

抜き挿しされるたび、体奥から淫《みだ》らな熱が引き出される。揺さぶられ、翻弄《ほんろう》されて、圧倒されて、潰されて混ぜられる。滅茶苦茶になる。ぐちゃぐちゃになる。なのにまだ足りなくて、もっともっととせがむようにしてしがみ付くと、抽送はますます激しさを増す。

「ぁ……っあ、あ、ああっ――」

「真紀……っ――」

「バスィール……バスィール…あぁ……っ――」

「真紀――愛している――真紀――」

「ぁ…あ――バスィール……っ…あぁぁあッ――！」

そして一層深く熱を叩き込まれたその瞬間、腰の奥で暴れ、うねり続けていた熱が、一気に溢れる。

乱れる息と、溶けていく身体。吐精の快感にぐったりと身を委《ゆだ》ねていると、きつく抱き締められ、次の瞬間、バスィールが息を詰めた微かな音が聞こえ、身体の奥に温かなものが溢れる。

その感覚に、まだびくりと身体が反応した。うなじが粟立つような錯覚を覚え、快感を嚙み締めていると、バスィールの指に何度も髪を掻き上げられ、額に口付けられる。

「真紀……真紀――」

吐息混じりの彼の声も荒く乱れきっていて、事後の余韻を漂わせている。

真紀はバスィールの頰に両手を添えると、間近から見つめて微笑んだ。

「愛してます……バスィール。わたしの、大切な『ご主人様』――」

そしてそう囁くと、バスィールは一瞬、戸惑ったような顔を見せ、直後、ふっと微笑む。

「それも悪くない」

笑いながらそう言うと、再び口付けてくる。

二人は熱い口付けを交わしながら、まだ続く長い夜を楽しむために互いをきつく抱き締め合った。

◆ ◆ ◆

「綺麗に咲きましたね」

「ああ、お前さんのおかげだ。手伝ってくれて随分助かった。いっときは間に合わないかと思ったからな」

それから三ヶ月ほど経ったある日。

真紀はバスィールの部屋に飾る花をもらうため、ロウのもとにやってきていた。

週に二度ほど、こうしてロウのもとを訪れているが、今日は特別機嫌がいいようだ。にこにこしながら、真紀も植えるのを手伝った苗から咲いた花を切り分けてくれる。

「きっと殿下も気に入って下さるだろう」

「ええ。明日か明後日には、時間を作って庭をご覧になると仰っていました」

「そうなのか。ではますますしっかりと管理しておかねばな」

「ロウさんなら、いつもしっかり過ぎるほどしっかり管理してるじゃないですか。こんなに綺麗な庭、イギリスにもありませんでした」

砂漠の国にもかかわらず、ここは別世界のように緑に溢れている。

それを褒めて真紀が言うと、ロウは嬉しそうに笑う。真紀は花を抱えてその場をあとにすると、バスィールの部屋を目指した。

美しく香りのいいこの花で、バスィールの気持ちが少しでも和めばいい。仕事の最中でも、少しだけでもほっとできればいい……。

そう願いながら足を進めていると、

「真紀」

そのバスィールが、近臣の人たちと共に通りがかった。

慌てて壁際まで下がると、頭を下げる。が、バスィールは「構わない」というように手で仕草をすると、

「その花は、わたしの部屋のものか」

と尋ねてきた。

真紀は「はい」と頷くと、

「今から飾りに参ります」

それとなく花を見せるようにしながら言う。バスィールが満足そうに笑った。

それは、従者を褒める王子の笑みに違いなかったけれど、真紀の胸を特別震わせる笑みでもある。

想いが通じ合ってからというもの、二人は今まで以上に強い絆《きずな》を感じ、今や互いをなくてはならない存在と思うようになっていた。

とはいえ、真紀はあくまで従者。そのため、普段はその立場に徹していた。バスィールからの愛情を笠に着るような恥ずかしい真似はしたくなかったからだ。指輪も、身に着けるのはバスィールと二人きりのときだけ。そんな中、特別なものは、ただ一つ。その喉元を飾る、金のチョーカーの存在だ。

一度は服従の証だったこのチョーカーだが、改めてバスィールから贈られてからというもの、今は二人の愛の証になっている。だから仕事中でも、真紀はひっそりとこれを着けている。こうしていると、バスィールがいつも自分の側にいる気がして。

二人だけの、小さな秘密だ。

普段はそんなふうに小さなことを楽しみにしているから、こうしてバスィールの笑顔が見られると嬉しい。

真紀も思わず微笑むと、バスィールはそれを喜ぶように一層の笑顔を見せたものの、すぐに表情を引き締め、一緒にいた近臣の人たちと共に背を向けて去っていく。

真紀も再びバスィールの部屋へ向かって歩きながら、胸の中の花を抱え直す。

心を込めて飾ろう――。

改めてそう思う。

と、そのとき。

「⁉」

突然背後から肩に手がかけられたかと思うと、くるりと身体を反転させられる。

目の前には、バスィールがいた。

「で、殿下⁉」

さっき別れたはずなのに、と目を瞬かせる真紀の前でバスィールは意味深に笑うと、花に顔を寄せる。そして香りを嗅ぐふりで、そっと真紀に口付けてきた。

「！」

不意のことに、逃げることもできない。

絶句する真紀に、バスィールは笑いながら言った。

「せっかく会えたのに、あのまま立ち去るのは少し寂しい気がしてな」

「ひ、昼間です！　それも誰が見ているかわからないところで……」

真紀は焦りながら言う。が、バスィールは気にしていない様子だ。

「構わぬだろう。ここはわたしの城だ」

「でも」

「気にするな」

「気にします！　わたしは――」

「わたしの寵愛を得て図に乗っていると思われるのは嫌なのだろう？　わかっている。だが、お前の仕事を見ていれば、誰もそうは思わぬ。それにもしそう思う者がいれば、思わせておけばいい。わたしが寵愛していることは事実だ」

「そ……」

開き直るかのようなバスィールの言いように、真紀は二の句が継げない。

そんな真紀に小さく笑うと、バスィールはそっと――触れるか触れないかの柔らかさで真紀の頬を撫でた。

「わかっている。気をつけよう。だがこうして思いがけずお前と会えるのは嬉しいのだ。昼間、従者としてわたしのために誠実に働いてくれているお前を見るのは、夜とはまた違った嬉しさがある」

言いながら、バスィールは柔らかく目を細める。その言葉と視線に真紀が仄《ほの》かに頬を染めると、その頬に再び彼の手が触れた。

「昼も夜も――わたしを想ってくれているのだな」

「……はい、殿下」

「わたしも、想っている」

そしてバスィールはまっすぐに真紀を見つめると、はっとするほど真摯な声音で言う。

真紀は胸の奥が熱くなるのを感じた。昼間なのに、こんな場所なのに、涙が出そうになる。

思わず顔を隠すように俯いたが、バスィールの指に頤を掬《すく》われる。

そこには、自分を映す澄んだ瞳があった。王子の、精悍で誠実な瞳。そして自分を愛してくれている、優しく熱の籠もった瞳。

溢れるほど幸せを感じ、涙を滲ませながら真紀が微笑むと、バスィールも柔らかく笑む。

「もっともっと、お前を幸せにする」

そう言って重ねられた唇は温かで、抱えた花の陰で、二人はいつまでも長い口付けを交わし続けた。

END

この上なく愛しい暴君

「最近、お前は冷たいな」

不意に聞こえた言葉に、真紀《まき》は慌てて本から顔を上げた。

夜も更けた室内は、静かながらどこか穏やかな優しい気配に満ちている。だが今、ソファで本を読む真紀の傍らに寝ころんだバスィールは、拗《す》ねたような顔だ。普段は威厳に満ちた王子なのに、まるで子どものように見える。

真紀は本を閉じると、

「どうなさったのですか」

そっと尋ねた。

「わたしは変わらずに殿下をお慕いしております。誓って気持ちは変わりません。いえ――以前よりもっとお慕いしています。なのになぜ、そのようなことを？　何かわたしに至らぬところが――」

「そんなものはない。が、ある」

「……」

よくわからないことを言うバスィールに、真紀は目を瞬《しばた》かせる。

と、バスィールは真紀の膝《ひざ》の上にあった本を取り上げ、しばらく見つめると、「ふん」とつまらなそうな声を上げて床に放り投げた。

「あっ！」

真紀は悲鳴のような声を上げる。それを拾い上げようとしたが、すぐさま伸びてきたバスィールの手に阻まれる。

手に手を摑《つか》まれ引き寄せられたかと思うと、彼の腕の中に閉じこめられてしまった。

「で、殿下‼」

「だから冷たいというのだ、お前は」

「え……」

「わたしは寂しいと言っているのだ。なのにその原因を追うな」

「原……こ、これは全て殿下のためではないですか！」

真紀は声を上げた。

そう。こんな夜遅くまで本を読んでいるのは他でもない。城の庭の手入れについて最近ますますこり始めたバスィールの希望に添うためだった。

決して競っているわけではないのだろうが、バスィールは以前真紀が仕えていた侯爵家の庭と同じぐらいに――否、それ以上にこの城の庭を美しくしたいらしい。

そのため、庭師や侯爵家の庭をよく知る真紀と庭について話すことも多く、真紀もバスィールのそんな熱心さに打たれて改善策を日々検討していた。

「侯爵家よりも美しくしたい」という、バスィールの負けず嫌いさはともかく、彼の居城が美しくなることは真紀にとってても喜ばしいことだったし、できる限り、最愛の主《あるじ》であるバスィールの意に添いたくて。

それなのに……。

さすがに駄々っ子すぎるのでは、と真紀がきつめにバスィールを睨《にら》むと、彼はきまり悪そうに目を逸《そ》らす。

真紀の身体《からだ》を拘束していた腕を解き、起き上がる。髪がくしゃくしゃになっている。ばつが悪そうな面持ちだ。だが、謝る気はないらしい。

本を拾い上げた真紀をちらりと見ると、「お前が悪い」とぼやくように呟《つぶや》いた。

「確かにわたしが庭についてお前たちを急《せ》かしているのは事実だ。そのせいでお前たちに負担をかけているだろうこともわかっている。だが二人でいるときぐらいは本を読むな」

「……殿下」

真紀は溜息《ためいき》をついた。

「この本は、殿下がお持ちになったものです。今夜、ここに。『この本を読んでみろ』と、そう仰《おつしや》って」

「……」

「だからわたしはここで読んでいたのです。せっかく殿下が薦めて下さった本なら、すぐに読むべきだろうと、そう考えて」

「恋人想いだな。それに主想いだ。相変わらずお前は格別な恋人で特別な従者だ」

「ならなぜ――」

「仕方がないだろう。寂しくなったのだから」

唇を尖《とが》らせるようにして言うと、バスィールはソファから腰を上げる。そして寝台に向かったかと思うと、真紀に背を向けるようにしてそこに横になってしまった。

子どものようなその様子に、真紀は小さく苦笑した。この分では、きっとどれだけ話しても堂々巡りに違いない。

真紀は寝台の端に座り直すと、拗ねたような表情を見せていたバスィールを宥《なだ》めるように言った。

「殿下はいつもそうして我が儘を仰る」

「いつもではない。お前といるときだけだ。お前といると、つい我が儘になってしまうのだ。もっと懐の深い――お前を見守っている侯爵のような男にならねばと思っているのに……」

最後の方は、心なしか声が小さい。

いつもは尊大なほど大胆で堂々としているバスィールが、らしくなく気弱だ。

そんな彼も愛《いと》しく思いながら、真紀は広い背中に向けて言う。

「旦那《だんな》さまのようになる必要はないかと存じます」

途端、バスィールの肩がぴくりと動いた。

真紀はそれを見つめたまま、微笑《ほほえ》んで続けた。

「旦那さまは旦那さま、殿下は殿下です。そしてわたしは殿下を愛しているのですから」

「こんなに我が儘な男をよく愛したな」

「そういうたちなのでしょう」

微笑み混じりに言うと、その気配が伝わったのだろうか。

バスィールが寝返りを打って真紀を見る。

「……もう一度言ってくれ」

その瞳《ひとみ》は、怖いほどまっすぐだ。真紀は見つめ返すと、微笑んで頷《うなず》いた。

「そういうたちなのでしょう。わたしは、我が儘な殿下のことをお慕い申し上げているのです」

「……真紀——」

次の瞬間、感極まったかのような切なげな掠《かす》れ声で名を呼ばれたかと思うと、腕を取られて引き寄せられる。

そのまままきつく抱き締められて身体を入れ替えられ、あっという間に、真紀はバスィールに組み伏せられていた。

熱の籠《こ》もった双眸《そうぼう》に間近から見つめられ、胸が甘く疼《うず》く。のしかかってくる重みと温《ぬく》もりが心地好い。されるままになっていると、じっと真紀を見つめてきていたバスィールが満足そうに口の端を上げた。

「わたしのことが、好きか。真紀」

「はい……」

「こんなにも我が儘でもか？」

「はい」

「物好きな男だ」

真紀の返事に、バスィールは嬉《うれ》しそうに笑う。その唇でそっと口付けられた。

二度、三度と啄《ついば》むように口付けられ、真紀は瞬く間に夢見心地になる。うっとりと見つめると、バスィールはますます笑みを深めて囁《ささや》くように言った。

「わたしもお前を愛している。何にも代え難く――お前を愛している」

「殿下……」

「名前を呼べ、真紀。今は一人の男だ。今のわたしは、どうしようもなくお前を愛しているただの男だ」

再び口付けてくると、バスィールは真紀が名前を呼ぶのを待つように見つめてくる。真紀は全身を包む幸福感に胸がいっぱいになるのを感じていた。もう何度となく名を呼んだはずなのに、こうして改めてねだられると、熱いものが身体の奥から込み上げてくる気がする。

「……バスィール……」

見つめ返すと、真紀は嚙《か》み締めるようにして名前を呼んだ。愛しい人の、大切な名前を。

「バスィール……」

唇に乗せるたび、一層愛しさが募っていく。

バスィールの指が、頰《ほお》に触れる。輪郭を確かめるかのようにそこをなぞり、指は唇に触れる。くすぐったいような感覚に、ぞくりと背が震える。息を詰めて見つめ返すと、バスィールの指は唇をなぞり、真紀を一層昂《たか》ぶらせる。やがてその指は、真紀の喉元《のどもと》に触れた。

シャツのボタンが一つ、二つと外される。金のチョーカーが現れた。普段は隠されている二人の愛の証《あかし》――ずっと一緒にいるという証のそれが。

「やはり、よく似合う」

バスィールはチョーカーを弄《もてあそ》びながら満足そうに言うと、そのまま、再び真紀の唇に口付けてきた。けれど今度は触れるだけじゃない。深く、より深く繋《つな》がろうとするキスだ。官能を煽《あお》るキスだ。

「ん…ん、んっ……」

挿《さ》し入ってきた舌が舌に絡む。そのまま柔らかく舐《ねぶ》られ、くぐもった声が零《こぼ》れた。

快感が、じわじわと身体の中に染み渡っていく。粘膜が触れ合い擦《こす》れ合うたび、淫靡《いんび》な熱が高まっていく。

思わずぎゅっとバスィールにしがみ付くと、口付けは一層激しくなる。息まで奪われるようなそれにいつしか夢中になっていると、彼の手が服の端から忍び入ってくる。

「んっ――」

するりと脇腹《わきばら》を撫《な》でられ、思わず声が零れる。息が熱い。次の瞬間、胸元に滑ってきた指に先端の突起をきゅっと摘《つま》み上げられた。

「ア……っ……!」

鋭い刺激に、びくりと大きく背が撓《しな》った。すでに疼き始めていたそこを捩《よじ》るようにして弄《いじ》られると、そのたび、甘い痺《しび》れが背筋を駆け抜ける。

「っぁ……っァ、あ……ッ――」

柔《やわ》らかく捏《こ》ねられ、指先で悪戯《いたずら》のようにして擦られるたびに高い声が溢《あふ》れる。もう何度も触れられているのに、そのたび、彼の愛撫《あいぶ》に溺《おぼ》れ、あられもなく身悶《みもだ》えてしまう。

「ぁ……あ…バスィール……っ……」

「相変わらず、お前のここはいじらしくも可愛《かわい》らしい色合いだ。薄紅色の小さな花のようなー色づき始めた果実のようなー」

「ァ……っ」

次の瞬間、胸元を大きく乱されたかと思うと、それまで触れられていなかったもう一方の乳首にバスィールが口付けてきた。

そのままちゅうっ……と音を立てて吸い上げられたかと思うと、舌先で潰《つぶ》すようにして刺激され、真紀はそのたび大きく身を震わせた。

バスィールの指が、唇が、吐息が肌を掠めるたび、言いようのない快感と幸福感に肌が粟立《あわだ》つ。舌足らずな声を上げ、喉を反らして喘《あえ》ぐと、その薄い皮膚にまた口付けが降る。

「は…っ……あぁ……っ」

身体が、頭の中が熱い。目の奥が朱く染まる気がする。くらくらしてのぼせそうなのに、もっともっととねだる思いはますます大きく強くなっていく。

「んっ——」

そうしていると、バスィールの手が下肢に触れる。服の上からでもわかるほど硬く大きくなっている性器を布越しに摑まれ、ゆるゆると扱《しご》かれると、腰の奥に溜《た》まっている熱がますますうねり、暴れ始める。

「ぁ…バスィール……っ…バスィール……っ……」

熱が身体の中で渦を巻いて、どうにかなりそうだ。けれどまだ足りない。彼が欲しい。彼の熱が欲しい。凶暴で荒々しく、逞《たくま》しく、この身体を奥まで貫きいっぱいにする、彼の熱が欲しい。

「バスィール……バスィール……っあぁ……っ」

真紀はバスィールの服をぎゅっと摑むと、焦《じ》れたように、ねだるように幾度も頭を振る。

小さく、バスィールが笑った。

「どうした——真紀」

そして真紀を見つめると、真上から瞳を覗《のぞ》き込んでくる。バスィールの双眸もまた、隠せない熱と情欲で潤んでいる。その男らしい艶《なま》めかしさにますます欲を煽られるのを感じながら、真紀は切なく見つめ返す。

彼が欲しい。彼が欲しい。

「……っ…バスィール……っ」

「なんだ」

尋ね返してくる吐息が、頬を掠める。そんな些細《ささい》な刺激にすら感じながら、真紀はますます強くバスィールの服を握り締めた。

「バスィール……っ…僕…もぅ……」

「……」

「欲しい……欲しいです…あなたが…欲しい……」

羞恥《しゅうち》と切なさで縺《もつ》れる舌でなんとか声を押し出すと、恥ずかしさに一気に耳が熱くなる。

直後、バスィールが嬉しそうに微笑んだかと思うと、合図のように一つ口付けられ、荒々しく身体を離した彼に、下肢を隠していた服まで全て剝《は》ぎ取られる。

彼もまた一糸まとわぬ姿になると、真紀の両脚《あし》を大きく開かせ、その間に身体を割り込ませてきた。

「んっ――」

双丘の奥を探られ、真紀はびくりと身を震わせる。だが緊張は一瞬だった。先刻までの愛撫で滴った蜜《みっ》ですでに濡《ぬ》れていたそこは、バスィールの指を抵抗なく受け入れる。

ほぐすようにやわやわと弄られるたび、確かめるようにしてそこに指を挿し入れられ動かされるたび、焦らされている真紀の身体は一層昂ぶらされていく。

「バスィール……っ…ぁ…もぅ……っ」

堪《たま》らず、真紀が声を上げた次の瞬間。

それまで窄《すぼ》まりを愛撫していた指が離れたかと思うと、脚を抱えられ、代わりに熱いものが押し当てられる。

そのまま、熱はグッと真紀の中に挿し入ってきた。

「っん……ッ――!」

硬く大きく熱いものが入ってくる感触に、我知らず全身が硬くなる。だが覚えのあるその感触は――その快感は、一瞬で真紀を虜《とりこ》にする。

「は……っァ……っ」

狭く熱い粘膜を擦りながら、ずぶずぶと肉が埋められていく快感に真紀は喉を反らして身悶えた。これが欲しかったのだと、全身が叫んでいる。肌という肌が、細胞という細胞のすべてが悦《よろこ》んでいる。

そして根元までバスィールが埋めきったそのとき。

「っァ……ッ――」

真紀は高い声を上げると、短い絶頂を迎えていた。

腹の上が、雫《しずく》で濡れる。辺りに青臭い香りが満ちる。挿《い》れられただけで達してしまったことに真紀は真っ赤になったが、バスィールは笑いながらその熱い頬に口付けてくると、構わずに動き始めた。

揺さぶられ、突き上げられ、また揺さぶられ、一度達したはずの性器もまた硬く張りつめていく。

「っひ……っん……っぁん……っ……」

「挿れただけで達するとはな。随分いやらしい身体になったものだ」

「ゃ…ちが……っ」

「違わないだろう？」

からかうように言いながら、バスィールは真紀が放ったものをこれみよがしに彼の腹の上に広げていく。

そのぬるつく感触に真紀はますます真っ赤になったが、逃げるように大きく頭を振っても、バスィールは愛撫の手を緩めようとしない。

「そういう――淫《みだ》らなところも堪らなく魅力的だ。お前の全てがわたしにとっては堪らなく愛しいのだ」

「ぁ……っあ、あ、っあ……っ――」

激しく抜き挿しされ、踠《もが》く身体を深々と貫かれ、また揺さぶられ、その激しさと押し寄せてくる渦のような快感に、真紀は為す術《すべ》なく攫《さら》われ巻き込まれていく。

繋がっている部分が淫らな音を立てるたび、身体が内側から溶けていくようだ。腰の奥から熱が込み上げるたび、もっともっとバスィールが欲しくなって彼の肉を締め付けてしまう。

「ぁ…あ……バスィール……っ……」

縋《すが》るようにして彼にしがみ付き、その背中に爪《つめ》を立てると、抽送は一層激しくなる。

二度、三度、四度と立て続けに突き上げられ、そのまま揺さぶられ、堪らず真紀は逃げるように身を捩ったが、その身体を押さえ込まれさらに深く貫かれた。

「っ……真紀……っ……」

掠れたバスィールの声が耳を撫でるたび、そのセクシーさに、ぞくりとまた肌が粟立つ。揺さぶられるたび、汗が肌を濡らす。体温が、香りが混じり合って、次第に二人の境界がわからなくなっていく。

抱き締められ、彼の熱を身体の奥に感じていると、他には何もいらないと思えるほどの悦びが込み上げてくる。彼の我が儘が嬉しいと、それを聞くのが幸せだと、彼を愛していると、全身が戦慄《わなな》いて止《や》まない。

「ぁ……あ…っん……ぁ……あァ……っ」

「真紀……っ――」

「バスィール……バ…ッァ……っ――！」

「愛している――真紀…わたしの…真紀――」

「バスィール……っ……っ――」

繰り返し名前を呼ばれるたび、快感と感情はますます昂ぶっていく。しがみ付く腕に力を込めると、息も詰まるほどの強さで抱き締め返された。口付けられ、夢中で舌に舌を絡めれば、その心地好さに頭の芯《しん》まで痺れていく。動かれるたび、繋がっている部分がびくびくと脈動する。心臓の音が速い。どちらのものかわからない鼓動が耳の奥で遠く響く。

腰が溶けてしまいそうだ。

そして一層深く、激しくバスィールの熱が叩き込まれたその瞬間。

「っァ……っ――！」

真紀は高い声を上げると、大きく背を撓らせ絶頂を迎えていた。

頭の中が真っ白に染まる。ビクビクと震える身体。吐精の緊張と弛緩《しかん》に息もできずにいると、温かなものが二人の身体を濡らす。

直後、バスィールの身体がぎゅっと緊張したかと思うと、きつく腰を掴まれ引き寄せられる。

「っ――」

くぐもった声が聞こえたかと思うと、真紀の体奥に熱い飛沫《ひまつ》がしぶいた。

乱れた息の中、どちらからともなく唇を寄せると、息も混ぜ合うように口付ける。何度となく口付け合い、乱れた髪を掻《か》き上げられ、汗の滲《にじ》んだ額に唇を押し当てられると、幸福感に目の奥が熱くなる。

潤んだ瞳で真紀が見つめると、バスィールがふっと微笑んだ。真紀の喉元を飾るチョーカーをなぞると、幸せそうに目を細める。

「愛している、真紀。これからもずっとずっと――わたしと共にいてくれ」

「……はい……」

「幸せにする。お前の主として、恋人として、お前に我が儘を言った以上に、必ず――必ずお前を幸せにする」

「はい…殿下。……バスィール……」

熱の籠もった声音で真摯《しんし》にそう告げるバスィールに真紀が頷くと、目の前の貌《かお》が幸せそうに微笑む。

真紀もまた、言葉にできないほどの嬉しさと喜びが身体中に満ちるのを感じながら、我が儘な恋人の広い胸の中に、静かに身を委《ゆだ》ねていった。

END

あとがき

こんにちは。もしくははじめまして、桂生青依です。このたびは本書をご覧いただきありがとうございました。砂漠が舞台の熱いラブストーリー。今回は主従関係から始まる二人でした。お互いの立場もあり焦れったい二人でしたが、そんな彼らならではの恋は書いていても新鮮で、とても楽しく執筆することが出来ました。皆様にも楽しんで頂けますように。主従関係はまた機会があれば書いてみたいなと思っています。

イラストを描いて下さった駒城先生、ありがとうございました。真紀もバスィールも、まさに「この二人」といった素敵さで、ラフを見たときから感激でした。おかげで、二人をより一層生き生きと書くことが出来たと思っています。

また、いつも応援して下さる皆様。本当にありがとうございます。これからも皆様に楽しんで頂けるものを書いていきたいと思っていますので、引き続きどうぞよろしくお願い致します。読んで下さった皆様に感謝を込めて。

桂生青依　拝

ラルーナ文庫

この本を読んでのご意見・ご感想・ファンレターなどお待ちしております。〒111−0036 東京都台東区松が谷1−4−6−303 株式会社シーラボ「ラルーナ文庫編集部」気付でお送りください。

本作品は書き下ろしです。

熱砂《ねっさ》の愛従《あいじゅう》

2016年10月7日 第1刷発行

著　　者｜桂生《かつらば》青依《あおい》

装丁・DTP｜萩原 七唱

発 行 人｜曺 仁警

発 行 所｜株式会社 シーラボ
〒111-0036 東京都台東区松が谷1-4-6-303
電話 03-5830-3474／FAX 03-5830-3574
http://lalunabunko.com

発　　売｜株式会社 三交社
〒110-0016 東京都台東区台東4-20-9 大仙柴田ビル2階
電話 03-5826-4424／FAX 03-5826-4425

印刷・製本｜シナノ書籍印刷株式会社

ISBN978-4-87919-975-1

LaLuna

毎月20日発売！ラルーナ文庫 絶賛発売中！

犬、拾うオレ、噛まれる

野原 滋 | イラスト：香坂あきほ

ストーカー行為の代償は便利屋との三日間の
監禁＆お仕置き生活!?　果たして真相は？

定価：本体680円＋税

三交社